庭園造りに魅せられた
医師が人生を振り返る

心の赴くままに生きる

山名 征三
YAMANA SEIZO

幻冬舎 MC

仙石庭園の見所と四季折々

《京都紅加茂石》

《向原組石》

《人型組石》

《五木黒紫雲石》

《椎葉紫雲石》

《コバルトブルーの砂谷石》

《甌穴石》

《石英でお化粧された紫雲石の象岩》

《仙石富士と仙石湖》

《神石殿》

《仙神大滝》

神石殿

《もみじ園》

《東屋》

《奥の院》

《不動滝》

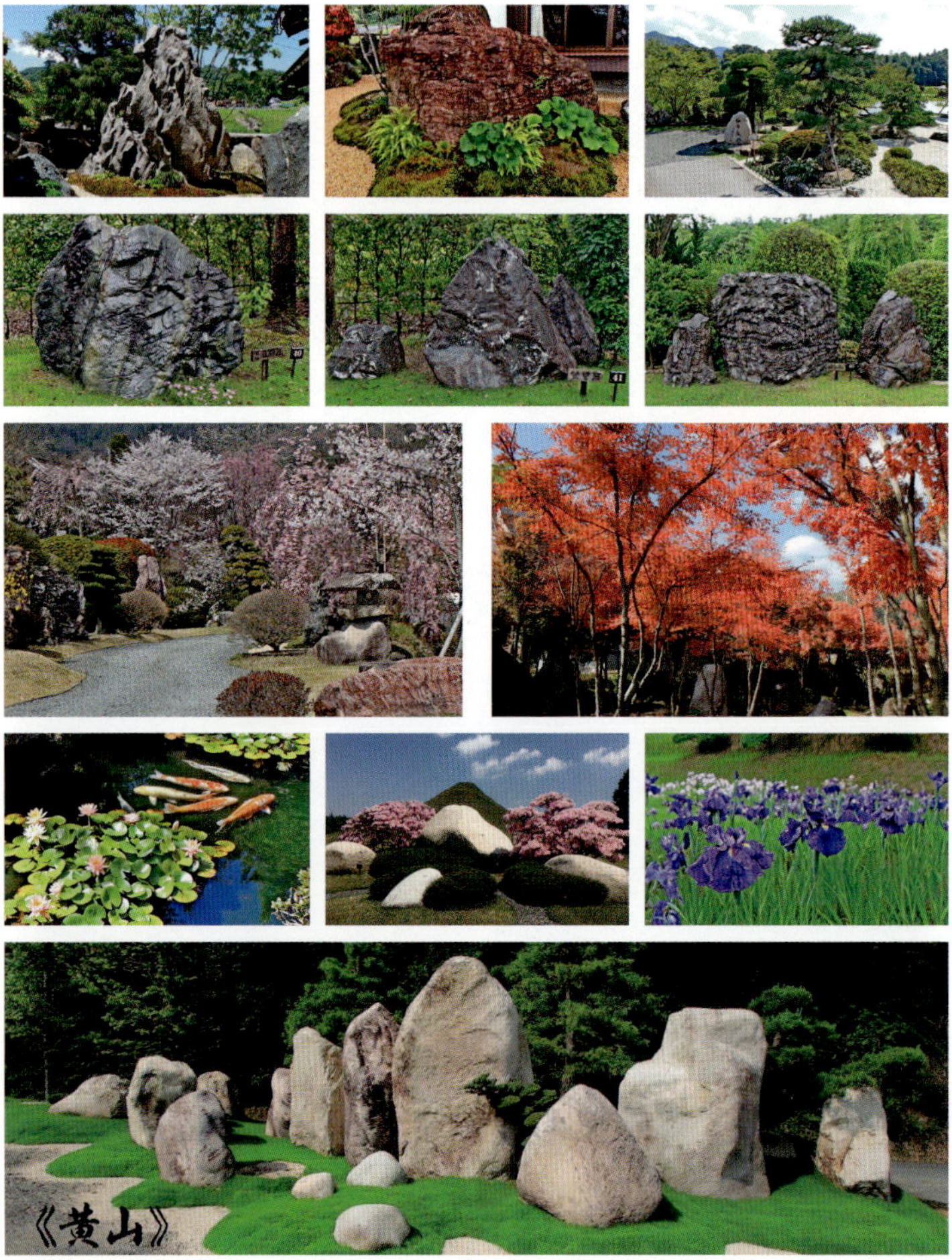
《黄山》

心の赴くままに生きる

庭園造りに魅せられた医師が人生を振り返る

目　次

はじめに

〝山名、お前は自由人だからな。〟学生の頃親しい友人から時々こんな言葉をかけられたことがある。自己中心的という意味だろうか。自分では特に意識していないが、心を自由にして思うがまま、心の向くままに考え、行動をとる故であろうか。

私は一生を振り返り、社会的立場や立身出世など考えたことは一度もない。むしろ人の作った組織の中で身を処すのは苦手で、誰からも干渉されない自分の城を築きたいとの願望はあったようである。原点は子供のころのささやかな夢にあった。大学を卒業したら医者になり、海外で数年生活し、日本で自分の城を持つ。今の子供のオリンピックで金メダルには比べようもない小さなたわいない思いであった。

大学卒業後16年間を大学病院で過ごした。その間、思いもかけず2つの発見をし、医学界にもいささか貢献した。順風であったが自分の長くいる場所ではないとの思いから下野した。少々道草をし、56歳の時満を持し、我が国初のリウマチ、膠原病専門病院を創業し、集患数で全国2~3番に位置する病院に育て上げた。実質的な私の人生のスタートであった。この病院で強固な財政基盤を作り、広島生活習慣病・がん健診センターを併設し、規模を拡大し、20年目を迎える現在、扱い健診者数では西日本で多分トップであろう。

若いころから爺々趣味があり、書画骨董を見るのが楽しく、備前焼で鑑識眼を養い、中国絵画、大型天版木工の作製を経て、石に巡り会った。石に狂い、還暦を過ぎたころより仕事の傍ら全国から銘石を集め大規模な岩石日本庭園を造り、気が付けば江戸時代の外様大名庭園にも劣らない仙石庭園を完成させていた。現代の大名庭園である。

この庭園は未来永劫遺さねばと思い80歳にして観光業を起こした。解散時は国家財産となる一般社団法人の所有とし、庭園経営を自立に少しでも近づけようと苦労している。庭園にある神石殿内には、盆石、水石、鉱物（美しい原石）もあることから仙石庭園銘石ミュージアムとネーミングし、寄付も仰がねばならず登録博物館の道を追求している。

１００歳人生の時代である。生き急いではならないと思いつつ、実に多彩な人生を駆け抜けてきた。80歳を超した今庭園の完成をみた。多くの人々からこの庭園は文化遺産として歴史を刻むと言われこれらの記録も残しておかねばと考えこの拙文をまとめた。この小冊子は心の赴くままに生きた山名征三の自分史であり、その自己体験を基にした行動と思考の記録である。

振り返って80年の人生を以下のような潜在意識で生きて、今日があると思う。

1、上を向いて未来志向で生きる。

2、人と同じ発想をしない。
3、反骨心を持ちつづけ、正面突破を図る。
4、人に迷惑をかけない。
5、人の恨みを買う行為をしない。
6、事業をする際、人の好意をあまりあてにしない。
7、待つことを知る。
8、成功するまでやる。
9、謙虚に生きる。
10、よほど困ったとき相談できる人脈を持っておく。
などである。

昭和から平成にかけ、バブルがはじけJapan as No.1の世界から平成30年には、日本の世界における立ち位置、存在感は薄くなりつつある。中国、韓国が台頭し、日本国は相対的に右肩下がりである。令和の時代は日本人が元気になってもらわねばならない。

凡庸たる人生のスタート

私は１９３８年（昭和13年）生まれで、80歳を過ぎた。岡山県倉敷市児島の海のほとりで生まれ育った。両親は医師で、父は内科、母は眼科を開業していた。６人兄弟の三男として育ち、周辺には医者が多くいた。小学校１年の夏、日本はアメリカをはじめとする連合国に無条件降伏した。私は田舎にいて空襲も受けず、敗戦の実感がない。戦争の記憶は防空壕と防空頭巾、小さな布袋に入れた豆類の非常食を枕元に置いて寝ていたことくらいである。空腹の余り、夜こっそり起きて、非常食を食べた記憶は鮮明に残っている。昭和20年の夏、30キロメートル離れた岡

岡山県倉敷市児島下之町の自宅で家族写真。
父は内科医、母は眼科医。私は後列左より２人目、この家で中学１年生まで過ごした。

山市内の夜空が、異様に明るく、岡山の町が空襲で焼けているのだと親に言われ、その映像は目の底に張り付いて残っている。

私たちの世代はゼロからスタートしたわけである。小学校時代は食べ物を求めて野山を駆け回り、楽しい思い出が多い。戦後の荒れた時代で戦地より復員した先生から教壇に立たされビンタをくらった経験も今は懐かしい。中学校2年の時、この子は進学校にでも行かせねばだめだと親は思ったのか、岡山市内の有名進学校丸の内中学校へもぐり入学させられた。私が自分の事は自分で考え、決め、人を当てにしな

操山高校時代の親友。後方左より山岡（早大）、山名、黒田（香大）、五藤（前列京大）。
卒業後は皆忙しく会う機会も少ない。

い習慣はこの時身についたようだ。遠縁に当たる岡山市内在住の老夫婦の一室を借り、そこから自転車で通った。先生からは「山名お前は学区内から何で自転車で来るのか」と分かりきった嫌味を言われながら、当時5％入学枠制度はなかった。中学、高校と机には座っていたがろくに勉強もせず、前の壁を眺めつつ、今日は何もしなかったが明日からはこのようにやろうという計画魔で、一晩で総理大臣になるほどの夢想少年でもあった。

岡大医学部には一浪して入学した。浪人したときは至極当然だと思い、一学期は相変わらずのんびりとやっていた。夏ごろ行われた現役3年生を含む学内テストで、張り出された順番表に私の弟が上位に出ていた。弟は秀才の誉れ高く、現役で東京外大に入学した。理系は全くダメだが、文系はめっぽう強かった。数学など白紙で出していた。その弟に上位に出られたときはさすがに目が覚めた。誰からも勉強しなさいと言われない状況下であったが、それからは本気で勉強に励んだと思う。定められた道、岡大医学部に翌年入学した。入学後は相変わらず授業にもほとんど出ず、何をしていた

約1か月間北海道内を鉄道で移動。テント生活で、食料は近隣の農家で調達した。

か思い出せないような時間の過ごし方であった。

　こんなことがあった。夏休み、友人３人とテントを担いで北海道貧乏旅行をした。夜食事のとき酒を飲み、アイン、ツバイ、ドライと言って皆が歌を歌いだす。私はその意味が分からず、さりとて、聞くわけにもいかず悶々としたある日、思い切って友人の一人にアイン、ツバイ、ドライとはなんだと訊ねた。大学に入学して３～４か月たったころである。お前、そんなことも知らないのかと言われ、英語のワン、トゥー、スリーだと教えられた。即ちドイツ語の授業に一度も出席していなかったわけである。９月には前期の試験がある。勉強せねばと思い、友人より単語帳を借りた。ドイツ語試験は無事通過したが、単語帳を貸してくれた友人は落第してしまった。今でも大変申し訳ないと思っている。断っておくが私一人借りたのではない。噂では５～６人の間を通って友人の元に帰ったのは試験の前日であったという。また今でも夢で「山名君、君は化学の単位を取らずに卒業している。大学に帰ってきてとりたまえ。」と言われて目が覚め、夢であったとホッとすることがある。とにかく大学時代の前半は徹底的にサボり、遊びほうけていた。後半の専門部は人並みにやったと思うが、決してほめられた生徒ではなかった。

　そんな中、大学時代やってよかったと今でも思い出すことがある。それは同級生の

後日訪れた三俣連華岳（標高約3000メートル）後方右に山荘と鷲羽岳の稜線を見る。
右は槍ヶ岳、穂高連邦、左は雲の平方面。二郎を背負って登った。若く元気であった。

曾我部興一君、安田達司君とともに北アルプスの裏銀座と言われた三俣蓮華岳に登っていた時のことである。山荘主の伊藤正一さんと話すうち、山岳診療所をここに造ろうということになり、許可を頂いた。向いの槍ヶ岳には慈恵医大が山岳診療所を造っていて、それに触発されたためである。当時は重いガラス瓶に入った点滴セットをリュックに詰め、岡山と３０００ｍ級の三俣蓮華岳との間を往復して、運び込んだことは思い出しても懐かしい。今でこそヘリコプターで運ぶらしいが、当時は危険な山道を背負って運んだわけである。その診療所は今も活発に活動し、岡大と香川大で維持し、登山者にも大変喜ばれていると聞いている。嬉しいことである。

私の父は岡大医学部の昭和9年卒、母は東京女子医大（当時は東京女子医専）の昭和9年卒。卒業と同時に父が母方の養子に入った。父は戦時中は軍医として仕事をしていたが、「わしは養子だから」と言いながらも趣味人として、結構楽しんでいた。私はそんな父から備前焼の薫陶を受けた。母は当時日本で唯一の女子医学専門学校の出身で、大学では全寮制で生徒にはお手伝いさんが付くお嬢さん学校であったようだ。そんな両親が6人兄弟の3人が岡山に出ることになり、市内に小さな家を建ててくれた。3人はそこで起居を共にしたが、いとこ、その知人と常時5～6人が共同生活をし、希望大学へ、社会へと巣立って行った。親は何も言わず子供のため大変な事をしてくれていたのである。それにしても母は眼科医として朝早くから夜遅くまで仕事をし、6人の子供を産み、美味しい料理も作ってくれ、立派に育て上げた。今考えても頭が下がる思いである。今を生きる女性も子供1人2人でオタオタしてはならない。

東京都の立川共済病院でのインターン生活

昭和39年（1964年）大学卒業後、東京都立川市に行くことになった。当時は大学を卒業してすぐ医師国家試験を受けるのでは無く、1年間全国主要都市にある指定病院での実地研修が義務付けられていた。研修を受けながら将来の自分の適性を見定めることが出来た。即ち、無給で1年と悪名高きインターン制度であったが、アルバイトもできたので私を含め大部分の医学生には大いに歓迎された研修制度であった。

立川には北は北海道大学から南は鹿児島大学まで総勢13名の全国の国公立大学の卒業生が集まり、山吹寮で共同生活をしながら1年間を共に過ごした。生活のため、無資格ではあるが夜間近くの病院で宿直してお金を稼いだ。生まれて初めての収入であり、頑張れば

インターン時代の旧友　相つどい東尋坊へ。
皆80才を迎えているが、元気で全員現役。

結構な額になり、相変わらずよく遊び、よく飲んだ記憶が残っている。なんやかやでインターンも無事終え、医師国家試験にも通り、岡山へ帰ることになった。当時の医学生の、半ば定められた道であった。

昭和39年（1964年）は日本が敗戦から雄々しく立ち上がる契機となった年でもあった。東京─大阪間を世界初の超特急列車東海道新幹線が走り、東京オリンピックが華々しく開催された年でもある。全てを失った敗戦後20年にもならない時期での快挙であった。世界は驚き、日本は再びアジアの雄として再出発した。これら2つのイベントを経て昭和45年（1970年）大阪万博を迎え、日本は本格的に戦後から離陸し急発展していくことになる。

同じ釜の飯を食った13人とは離れ離れになったが、皆それぞれ活躍し、同室の田嶋定夫君は東大、京大、慶応を渡り歩いた俊才で大阪医大の教授となり日本形成外科学会の理事長として医学界をけん引した。還暦を過ぎたころ当時のメンバーが再会しようということになり、東京立川で一堂に会した。以来、山吹会として毎年誰かが幹事となり、旅行するなどして旧交を温めている。

大学時代

大学時代とは岡大医学部を卒業しインターンを終え、医師国家試験に合格してからの大学での修練時代である。当時の医師は卒業後70~80%は大学病院で研修をする道を選んだ。医師は先輩から手取り足取り教えられて成長する徒弟制度の中で育てられていたからである。このことは今でも変わりはない。

岡山大学医学部第二内科へ入局

第二内科の専門は血液、アレルギー学であった。1950年代がんの原因はウイルスだといってはばからなかった平木潔教授が主催していた。私の父が昭和9年卒の同級生という関係で入局することになった。入局してすぐ私の属する免疫班の大ボスの大藤眞助教授より「山名君、胸腺をやりたまえ。」とテーマを与えられ、大学院に在籍することとなった。大藤先生の口からでなく、中ボスの有森茂先生よりの伝言である。「はあ、わかりました。」で私の大学生活はスタートした。昭和40年初頭の医学部の上下関係は厳しく、すだれを介してものをいうが如きであった。

岡大医学部はわが国最古の歴史を誇っていて、当時中国5県、徳島を除く四国3県の長として君臨し、強大な勢力を誇っていた。平木教授宅には正月には各県の病院、関連医師からのお歳暮が門前にあふれ、トラックで天満屋に引き取ってもらっていたという逸話も残っている。中国四国各県の主要病院長、副院長は岡大が独占し、その名残は2000年初頭まで続いていた。当然地元医学部の反発は強く、広島で岡大出身の私が医業をやっていると、「お前よくやるな」といって不思議がられる始末である。私自身は、学閥意識はなく人物で全て判断した。たとえは悪いが備前焼も作家で判断せず、作品で判断するのと同じである。

1965年11月22日、当時は普通であった見合いで現妻中塚順子と結婚した。私は27歳、順子は21歳であった。順子の実家は岡山市表町商店街で明治初頭よりカメラ業を営み、岡大を含め幅広く写真関係の商いをしていた。いわゆる商人の娘であった。このことが将来の私の人生に役立つとは当時考えてもみなかった。商人の視点で私の医業を裏で支えてくれたのである。私は仕事をしていればよかった。

さて、医局生活であるが「大藤先生、胸腺の何をしたらいいのですか」という問いかけすら、恐れ多くてできず、自分で考えるしかなかった。胸腺をやれか！　ならば、と図書館に通い胸腺に関する論文のコピーを取り、片っ端から読破した。胸腺をやれという意味はすぐ分かった。１９６１年オーストラリアのメルボルン大学の若き研究者ミラー博士が新生児マウスの胸腺を摘出すると消耗性疾患で１００％死亡することを発表していた。世界中の免疫学者の目が胸腺に向いていたのである。

わが国では九州大学の野本亀久雄先生が胸腺摘出の技術を持っていることもすぐ分かった。早速私は胸腺摘出の技術教与のお願いをしたところ「いいよ、すぐ来なさい」とのことであった。

新婚旅行は今日のように外国ではなく近場の観光地であった。伊勢神宮にて

胸腺：胸骨の裏側にあるリンパ組織。免疫と関わりTリンパ球で満たされていて移植免疫などの細胞性免疫をコントロールしている。成長するに従い萎縮し脂肪組織に変わっていく。

テーマを頂いて2〜3週で九州に行くことになった。野本先生は九大生体防御医学研究所に在籍する気鋭の若手の免疫学者で、東の多田富雄、西の野本亀久雄と称されていた。私の目の前で手際よく、生後間もないマウスの胸骨を開き、ガラス管を使ってネガティブプレッシャーでいとも簡単に胸腺を吸い取った。それを見て、「これなら私にもできる」と確信した。免疫学のよもやま話を聞かされ、大いに目を開かされ、その日のうちに帰途に就いた。山陽本線で夜間ガタゴトガタゴトと帰る途中、「待てよ、胸腺取るのにメスはいらぬ。抗胸腺細胞血清を作ればいい」と閃いた。

抗胸腺細胞血清：マウスの胸腺細胞を家兎に注射し作成する。マウスの細胞性免疫を強力に抑制する。

抗胸腺細胞血清は強力な細胞性免疫抑制作用を有している

帰岡するや、その翌日よりDDSとC57blの2系を使って抗胸腺細胞血清の作成に取り掛かった、C57bl の胸腺細胞の浮遊液を作り、1×10^9個をウサギの静脈内に2週間間隔で2回注射し、その1週後に採血した。白いDDSマウスに黒毛のC57blの皮膚を移植し、翌日より毎日0・1mlの抗血清の注射を続けた。なんと移植された黒毛の皮膚はいつまでも生着し、毛も伸びてきた。2か月間毎日注射をし、それ以降は隔日に注射したマウス10匹は全例生着していた。一方、正常ウサギ血清を使用した例は全例10日余りで移植片は硬化し、離脱された。即ち、拒否反応が出たわけである。抗胸腺細胞血清はマウスの細胞性免疫反応を強力に抑制して、同種ながら黒毛の皮膚を受け入れたわけである。このことは人間でいえば他人の腎移植が成功したことで、当時は画期的なことであった。即ち、当時このような強力な免疫抑制剤は存在しなかった。

拒否反応：ある個体の組織を他の個体に移植すると免疫反応により10日以内に移植片は壊死して離脱する。これを拒否反応（拒絶反応）という。

一躍学会の寵児に

これらの結果に私自身も大変驚き、確認実験を幾度も行った。コントロールとしてリンパ球の採取源に脾臓と腸間膜リンパ節を用いた。同様の手法でウサギを免疫し、抗胸腺細胞血清（ATS）、抗脾細胞血清（ASS）、抗腸間膜細胞血清（ALS）の3種を作成した。これら3種の抗血清を用いた結果を図1に示している。結果は一目瞭然、ATS群は皮膚の生着が続いたが、ASS群はコントロールとほとんど変わらず、ALS群はASS群より幾分期間が延長した。これら一連の実験を通して、抗胸腺細胞血清は強力な細胞性免疫抑制能力を有することを実証したわけである。加えて、同じリンパ球と考えられていた脾リンパ球を用いた抗血清は細胞性免疫抑制能、すなわち皮膚移植には全く効果がなかった。これらの事実はT細胞、B細胞の概念の存在しない時代の発見であり当時世界の誰も発表しておらず、大きな発見であった。一連のデータを学会で発表し、その反響は大きく、多くの免疫学者の耳目が集まり、私は大学卒業後2年目の若さでシンポジストとして関連学会から招かれることとなった。

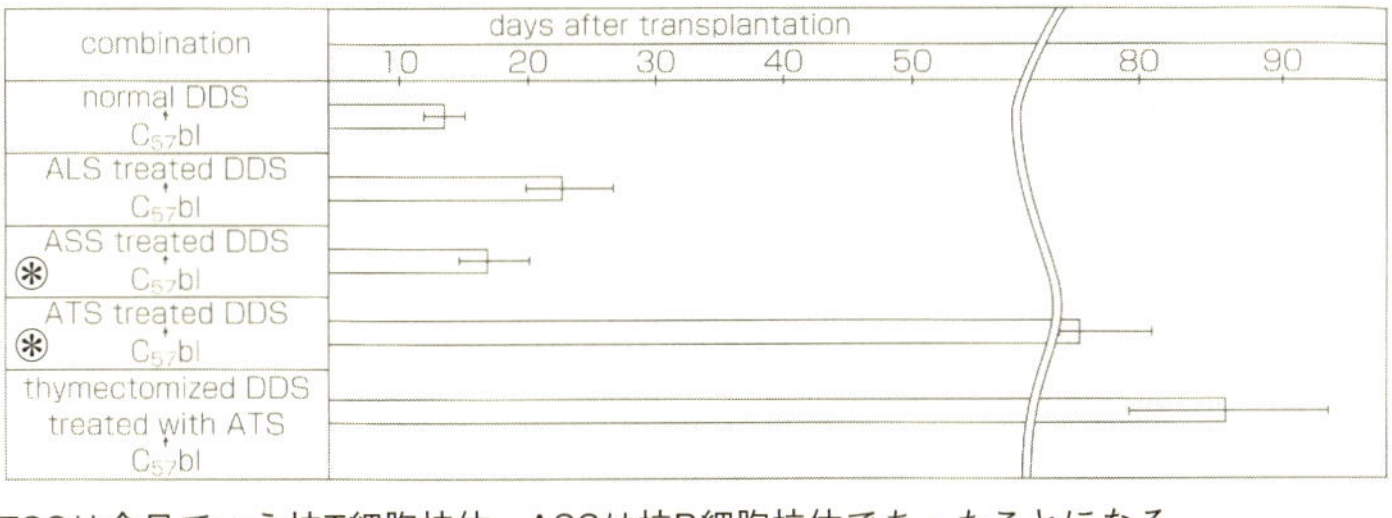

TSSは今日でいう抗T細胞抗体、ASSは抗B細胞抗体であったことになる。

私が得た実験結果はIndex Medicusで文献を渉猟するも見当たらず、英国のWoodruffが同じころ抗胸腺細胞血清を用いた皮膚移植で、生着延長を指摘していた。残念ながらその論文ではコントロールスタディがなされていなかった。即ち脾細胞のような他のリンパ組織を用いて実証がなされていなかった。私はこれらの事実を英文誌に発表せず、国内の医学ジャーナルに日本語で発表していたので、海外の研究者の目には触れることはなかった。当時一流英文雑誌に投稿する先生は残念ながら私の周囲におられず、また勧めてくれる先生もいなかった。もちろん私自身にもそういう発想はわかなかっ

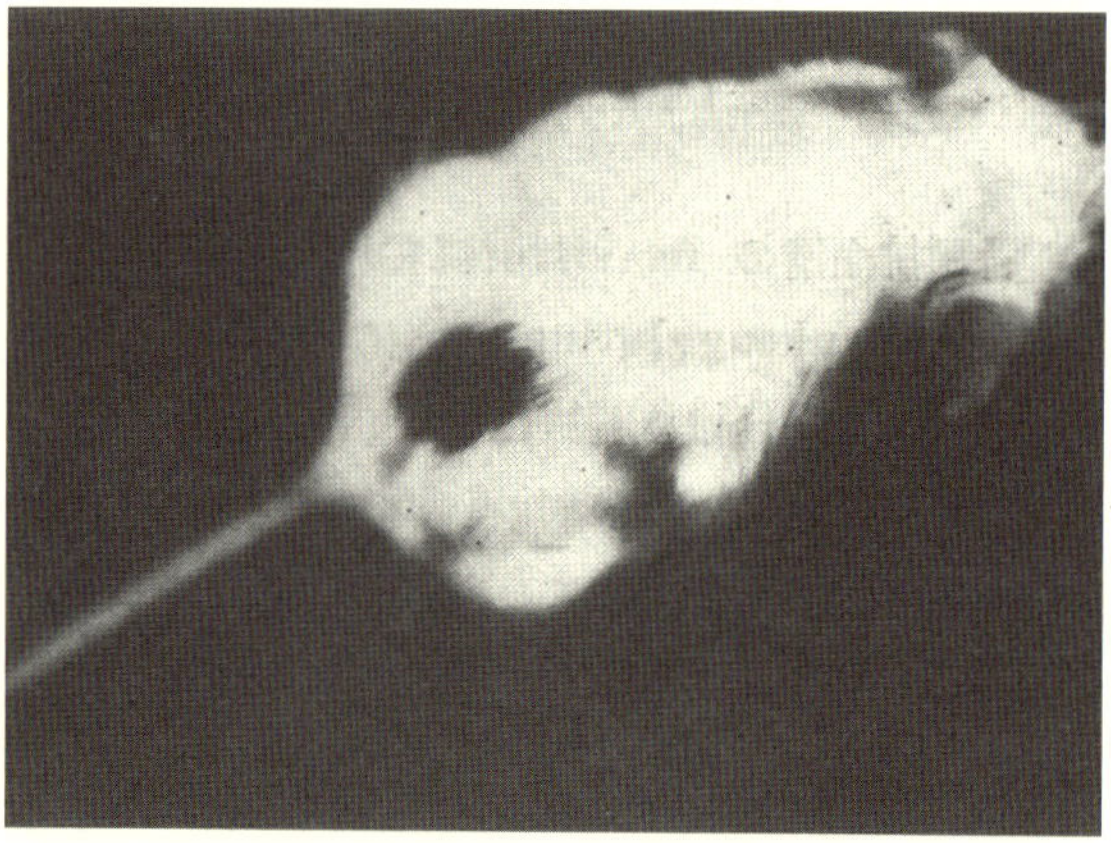

C57blマウスの移植された皮膚は黒々と毛が生えている。
当時このような同種移植を可能にした薬剤は存在しなかった。

た。世界を知らぬ田舎研究者であった。

今日でいうT-リンパ球、B-リンパ球なる概念は全くなく、リンパ球を大中小で分類していた時代にこのデータである。胸腺細胞機能を抑制すると、細胞性免疫をほぼ完全に抑制するが、同じリンパ球の脾細胞、腸間膜リンパ節細胞ではほとんど抑制しない大変エキサイティングなデータであった。私自身このデータの意味すること、当時の免疫学においてその位置づけがとっさには理解できなかった。これらの解析を進めるべく3種のリンパ組織の抽出液を作り、オクタロニー法で沈降線の性状をみた。その結果、数本ある沈降線の内ATSと胸腺細胞間に独立した沈降線を認めた。これがその原因物質かもしれないという理解までは進んだ。しかし、先入観というものは恐ろしい。リンパ球は同一細胞で大中小リンパ球は成熟の過程を示しているという認識だけで抗原性が異なるという発想にはつながらなかった。リンパ球間で抗原性が変わることはありえないと決め込んでいた。根拠のない考えにとらわれたわけである。今考えれば成熟過程で抗原性に変化が起こりうると考えられる上に、この一本の沈降線から胸腺リンパ球と脾リンパ球は異なる抗原性を有する別のリンパ球であると明確に言及しかつ英文で発表していれば、大変なことになっていたかもしれない。追いつめていたが。捕まえきれなかったということである。

これら一連のデータを当時の移植学会で発表したが、皆一様に驚きこそすれ、その意味を理解してくれる人はおられなかった。それでもこれら一連のデータを当時のわが国の免疫学をリードし、自他ともに日本免疫学をリードしていると思われた先生方にご説明し、お考えをうかがったことは数知れない。しかし、的確な回答、コメントはなく中にはやり方に問題があったのでしょうとまで言ったお偉い先生もいた。私の気持ちは日本にいてはだめだ、日本を離れ海外へ活路を見出そうと心はすでに日本を離れていた。卒業後4年目で日本の博士号を取得したころである。

振り返って私が今猛省していることがある。当時の学会の権威と呼ばれる先生方に相談しても、駄目なのは当たり前ではないか、彼等とて私同様の先入観の中にいる、実験した当事者がそれなりに考えて回答が出ないことに、第三者が明確な回答などできるわけがない。あの際外国に逃げず自分でデータを深く読み込み、じっくり腰を据えて考えていれば、リンパ球には胸腺リンパ球と脾リンパ球と異なる性格のリンパ球があり、それらが混合しているのが腸間膜リンパ球だとの推論に至ったはずである。浅はかであった。海外に行きたいがため英会話の練習などその準備に忙しく最も重要な自らのデータを深読みするという本業を疎かにしていたのである。

オクタロニー法：ゲル内拡散反応は抗原と抗体を寒天の支持体に空けた2つの穴に入

れると拡散しその接点で沈降線を作る。

T細胞：血中リンパ球の60〜80％を占める。骨髄由来の未熟なリンパ球が胸腺で分化成熟し、血流により末梢に出てくる。このリンパ球は細胞性免疫をコントロールしている。

B細胞：特異的抗原に対する抗体の産生および放出を行う細胞。液性免疫の中心となる細胞。

メルボルン学派に身を投ず

海外の免疫学で優れた情報発信をしていたカロリンスカ研究所を含め、11の大学、研究機関に手紙を送った。第一志望はクローン選択説でノーベル賞を受賞したバーネット教授が主催していたメルボルン大学のウォルター＆エライザホール研究所であった。新しい所長に就任していたノッサル教授より今年の枠は締め切りました。来年ぜひ応募してくださいとの手紙を受け取った。相前後して、同じメルボルンに新設された総合大学、州立モナシュ大学の免疫病理学のネイルン教授（蛍光抗体法の生みの親の一人）から9月に電報が届いた。すぐ来い、一緒にやろうという内容であった。いまだ現ボス、大藤眞教授には何も話しておらず2〜3か月もたもたした挙句、年末にやっと許可を頂いた。ただし、来年の4月頃とのこと。

第二内科時代、先輩から聞いていた通り引き伸ばしにあった。教授の意に反して即出ることは教室と縁を切ることを意味していた。わしがボスだ、わしの言うとおりにしろという意味であった。当時は教授が全ての人事権を握っており、その権限は絶大なもので、医学部においては〝破門〟という言葉が厳然と存在していた。岡大医学部の中国四国地方における立場が教授連をそういう意識にしていた時代であった。

その間、抗胸腺細胞血清を取り巻く環境は急速に変化し、海外ではアメリカのクラマン博士が鶏を用いた実験で胸腺依存性Tリンパ球、バーサ依存性Bリンパ球という概念を発表し、リンパ球は2種類あり、細胞性免疫と液性免疫（抗体産生）に関わっているリンパ球は異なるリンパ球であるとの解明が急速になされつつあった。そのような中、ネイルン教授からは年末に早く来いとの督促の第二電を受け取っていた。結局円満に日本を離れることが出来たのは5月連休後であった。それでも日本を離れることができた喜びは大きかった。

細胞性免疫：T細胞、食細胞、細胞傷害性T細胞、NK細胞などが体内のウイルス、細菌、がん細胞などの異物を排除する免疫反応である。

クローン選択説：1957年オーストラリアのメルボルン大学、ウォルター&エライザホール研究所のバーネット博士が提唱した抗体産生についての説。あらゆる抗原に対し特異的に反応する抗体が先天的にB細胞クローンとして存在し、抗原が体内に侵入すると特異的に反応するB細胞は急激に増殖し抗体を産生する形質細胞へと成熟するという考え方。この研究でノーベル賞を受賞した。

バーサ依存性Bリンパ球：バーサとは鶏の肛門近くにあるリンパ組織でBリンパ球で満たされている。人間の脾臓にあたる。

Monash州立大学免疫病理学教室でPh.D.コースへ

メルボルンのタラマリン空港に降り立った。離日前、送りに来た父親から、征三、お前は地の果てに行くのかの言葉をかけられていたが、日本から13時間を要する遠い国であった。空港には若い美しい女性がDr. Seizo Yamanaと書いたプラカードを掲げて私を迎えてくれた。これから3年間一緒に仕事をすることになるジェニファー・ローランドとの出会いであった。メルボルンの第一印象は大変すばらしいものとなった。約1時間の車中の会話もはずみ、私の英語も捨てたものではないと感じたものである。

これからの仕事場であるモナシュ大学の附属病院アルフレッド病院に着き、早速ネイルン教授の教授室で初顔合わせの機会を頂いた。ネイルン教授は私より少し背が高い程度の小柄であったが、雰囲気は英国の紳士はかくありなんと思わせる風貌の持ち主であった。到着後、数日のうちに私の当面の住居が準備されていること、所属研究室の事を知らされた。その中で大変うれしかったことは、ジェニファーと同じラボで机も隣であったということである。以来、研究室内におけるすべての事は彼女が細かく気遣いをしてくれた。

到着後しばらくしてネイルン教授から私の仕事のテーマは腫瘍免疫であること、上司はデイビス講師であることが矢継ぎ早に告げられた。私のテーマが腫瘍免疫であることは寝耳に水でネイルン教授とデイビス講師と私との3人でかなり激しい議論となった。私の言い分は抗胸腺細胞血清の仕事をするためにメルボルンに来た。未解決の宿題も多く残している。これを解決して腫瘍免疫に行くのならＯＫだと言い張った。デイビス講師はセイゾウはsticky manだとティータイムの時に皆

1970年度モナシュ州立大学医学部免疫病理学教室

の前でいったので、私はsticky manの意味がとっさに理解できず、なんという意味かと周囲に問い返すと周囲の者は気まずそうな顔をしていたのを今でも思い出す。通常は〝やねこいやつ〟だという意味だろう。善意にとればこだわりの強い人間だという意味にもとれるが、デイビス講師の物言いと、周囲の雰囲気からは前者の意味だったのであろう。

2～3日して、ネイルン教授から呼びだされ、「征三、お前はＰｈ．Ｄ．のコース（大学院博士コース）に乗れ、上司は私自身がなる」と告げられた。即ち、免疫病理学教室のトップが私の直属のボスになるということで、研究室では初めての事であった。このことは結果的に私が仕事をしていくうえで、大変やりやすくなった。ネイルン教授はそれ以降、毎週教授室に私を呼び2～3人の関連医師ならびに化学技師長を交えて私の1週間の成果を出させ、検討する機会を作ってくれた。加えて、次の週何をするかというところにまで話が及ぶこともあった。

Ｐｈ．Ｄ．とはイギリス連邦の最高学位で、私のような医師（ＭＤ．）がその学位を取得すると大学教授の地位が約束される学位であった。オーストラリアはイギリスのエリザベス女王の元にゆるい連合体をつくるイギリス連邦の一員でカナダ、ニュージーランドなど16か国が緩やかな絆で結ばれている。現在はどうなっているか知らぬが私の在豪中はテレビが終わる時はエリザベス女王の肖像が流されていた。このような背景下でPh.D.の取得には高いレベルの業績を要求された。うがった見方をすれば、私の英語力ではついていけず逃げ出すのではないかと考えてのボスの推挙であったのかもしれない。しかし私は原著は読めるし、科学論文は書けた。ただ日常一般会話が拙かっただけで仕事を続けるうえで支障を感じたことはなかった。

腫瘍免疫：がん細胞に対する免疫機構である。がん細胞は自己の細胞の遺伝子の変異で生じたものであるが、宿主の免疫機構（免疫監視機構）による認識を受け排除される。

楽しき遊学生活

抗リンパ球抗体については日本で4年間の積み重ねがあり、その仕事内容も延長線上であった。私が当時持っていたアイデアはより強力な抗血清を得るため、胸腺細胞を比重遠沈法で重い胸腺細胞と軽い胸腺細胞に分け、それらを使って抗血清をつくるというものであった。胸腺細胞に重い、軽いがあるかどうかさえわからない状況下でのアイデアで、文献をあさり、比重遠沈法の手技を探り、最終的にConray–Ficollの連続比重遠沈法で胸腺細胞を分別することにした。数か月にわたる実験の繰り返しと試行錯誤の末、納得のできる細胞分別ができ、重い胸腺細胞と軽い胸腺細胞に対する抗血清を作成した。残念なことに結果は変わらず、同じ力価の抗血清しか得られず、この実験は失敗に終わった。

しかし、副産物としてラットの骨髄細胞から高純度にリンパ球を取り出すことに成功した。その結果にネイルン教授は大変満足し、一流雑誌"Immunology"に投稿し、早々に受理されペーパーとなった。このことで私は一躍ネイルン教授から厚い信頼を得た。彼はこの後私に期待し、彼自身がやってみたいこと、面白い論文内容の追試など「征三、これをやってくれ。」と次々と注文が出るようになった。これらの仕事自体、私のPh. D. Thesisに使えるものであった。例えば、①抗胸腺細胞血清のリンパ球表面への付着様相の電顕的観察、②各種動物の胸腺細胞で牛を免疫して大量の抗血清を作成、③T&Bリンパ球表面における免疫蛍光抗体法による抗体分子の分布の在り様、④免疫吸着と溶出による抗リンパ球抗体の純化等々であった。諸々のことに要した実験器具並びに試薬等々はネイルン教授が直々に手配をしてくれたので、私は仕事に専念すればよかった。

コンレイ‐ファイコール：連続比重遠沈法。コンレイ‐ファイコールを生理食塩水にとかし低比重から高比重に連続的な液層を作る。細胞を上に置き遠沈することで細胞は自らの比重の所に止まり分別できる。

Ph.D.：博士号のこと。大学における通常学位の最高位に位置する。

免疫蛍光抗体法：蛍光色素（フルオレセイン）を利用して細胞にある抗原あるいは抗体の所在を探る手技。

アングロサクソン系はシステムづくりが上手い

ネイルン教授の主催するラボは当時オーストラリアで最高レベルのものであった。研究室の規模もさることながら、その設備において、仕事を進めるシステムが実によく整えられていた。多くの物品の調達は伝票

ネイルン教授が所属するメルボルンクラブに招待され出席。私は借物衣装でジェニファーをエスコートして出席した。（左）ネイルン教授、（右）ジェニファー。ジェニファーにはミスユニバースに応募したらと勧めたこともあった。

一枚で済み、検査室のスタッフが各種試薬の準備もしてくれた。

写真は写真班、タイプはタイプ室、動物は動物飼育室で管理者が常駐しており、短時日に必要なマウスを調達できた等々である。

私は日本で仕事をしていた時、針、糸、はさみ、ピンセットを机の引き出しに隠し持ち、高校の理科実験室にも及ばないような設備のところで仕事をしてきた。研究が主目的ではない臨床の教室であったので、やむをえないといえばそれまでであるが雲泥の差であった。

しかし、1年を過ぎたころからあることに気付いた。日本にいた時は何もないので考えることが主な仕事でアイデアは湯水のごとく湧き出ていた。しかし、設備がよくシステムが整っている所においてはあまり考えなくなり、いかにそのシステムを使うかという方向に頭が回っていた。私と同世代の日本人にノーベル賞が多いのは日本で考えるという習慣が身に付き、それを忘れないでアメリカなどの素晴らしい環境で仕事を継続した結果であろうと最近思うようになった。

オーストラリアは何故かくも豊かなのか

それにしても1970年初頭のオーストラリアは豊かであった。研究室に使われている機械・器具は全て輸入品で、国産品は見当たらない。試薬類も同様である。町に出ても、郊外に行っても工場らしきものはほとんど見かけない。しかしオーストラリア人はそれなりの豊かさを享受しているようであった。この豊かさはどこから来ているのか。人間の能力が特に優れているわけではない。当時すでに完全週休2日制で週40時間労働制を完全施行していた。ちなみに、私の日本における状態は週休1日、週80~100時間はごく当たり前であった。回答は大陸にあった。オーストラリアは地下資源に恵まれ土地を掘れば良質の鉄・石炭が溢れんばかりに産出されていた。加えて、広大な土地での放牧、農産物と大地の恵みを2000万人の人々が受けていたのである。日本とは大きな違いである。

日本の資源は真面目に良く働く日本人自身である。現在行われている働き方改革、残業制限、休日の増加など私共の世代から見て、何かおかしい方向に行っている。日本は人という資源しかないことを今の若い世代は再認識すべきである。国を挙げて政府が仕事を減らせと号令を出すなど後世の歴史家はどう判断するだろう。これも豊かな中で育った政治家、社会のオピニオンリーダーの浅知恵としか言いようがない。このままでは日本に将来はない。

イギリス連邦共通の博士論文づくり

仕事は日本でやっていた抗リンパ球抗体の仕事の延長であり、前述のごとくネイルン教授ともども考え、仕事を進めていたのでゆとりがあった。２年目になり、ネイルン教授から博士論文の目次をつくるよう指示を受けた。先輩のＰｈ．Ｄ．論文を参考にして目次づくりをはじめ、各項目を埋めていった。私の手書きの英語をジェニファーが添削してくれた。そのやりとりで、ここには〝ｔｈｅ〟がいるだろう。日本の文法が頭にある私が問いただすと、彼女はいらないと言い張る。なぜだと再

子供のパーティー。晶子と浩司はケンカになると興奮して英語を話した。
帰国後いろいろ資料を持ち帰り２人に聞かせて英語力を維持しようとしたが子供２人に拒否された。日本社会が当時それを許さなかった。

度聞くと、自分で口読していらないという。このような会話をしながら私の英語力は着実に向上していった。ちなみにジェニーは歳は私より10歳近く若かったが、仕事面では私の一級先輩のシニアPh.D.で、テーマは私と同じ抗リンパ球抗体に関するものであった。来豪時のデイビス講師とのやりとりの伏線にはこのあたりのことがあったのである。

文献作りは膨大なもので妻順子が助けてくれた。数百ある文献をカードに整理してもらった。論文を書きはじめる最初の仕事は私が行っている抗リンパ球抗体の関連文献を網羅し、それらを読み、内容を分類してその中に私のテーマを位置づけ総論としてまとめることであった。それができると仕事に使った試薬のレシピを正確に書き、そのあと各実験項目に入っていくという手順を踏んでいった。従って最終的には300ページ近い膨大な著書となった。論文を最後に提出する際には当時の一流ジャーナルに少なくとも3〜4編のペーパーを発表し、それらの別冊を添付しなければならないという縛りもあった。3年の仕事にしては決してやさしい学位ではなかった。

イギリス連邦：かつてのイギリス帝国がその前身となって発足し主にイギリスの植民地であって独立した主権国家からなる。2015年現在カナダ、オーストラリア、ニュージーランドなど16か国で構成。

抗リンパ球抗体：抗胸腺細胞抗体の胸腺をリンパ球に読み替える。

初心を忘れてゴルフ三昧

仕事は順調に進み、論文を書く段階になると気持ちにゆとりができ、仕事以外の事を考え始めた。私にとってそれがゴルフであった。メルボルンのゴルフフィーはけた違いに安い。立派なパブリックコースでも18ホールを煙草のKentひと箱（1豪ド

オーストラリアのゴルフフィーは桁違いに安い。たっぷり堪能した。

ル＝400円時代の42セント）でプレーできた。仕事の帰りには3カ所あるどこかのコースでゴルフを楽しむことができた。コースの道路わきに車をとめ、カートを引っ張り出して適当な位置から無断でプレーを開始する。たいていの場合音もなく近寄ってくる車からゴルフフィーを請求されるが、30セント渡せば足りた。週末は日本人ゴルフクラブでプレーし1年半余りでハンディが11までになった。スタート前にお互いにニギリを行うのが常であった。相手はメーカー派遣の金持ち、私はぺーぺーの留学生、入れ込み方が違っていた。ニギリで稼いだ賞金で妻にオパールの指輪とオメガの時計を買い与えて、得意になったものである。

滞在中、思い出すのはオーストラリア人のパーティー好きである。週末はどこかでパーティーがあり声がかかった。仕事仲間の集まりが多く、5～6人集まってはだべり、飲み、食べ、最後はオーストラリアには何故ハエが多いのか、皮膚がんが多いのかということに話が移り、皆言いたいことを言って散会することを繰り返していた。仕事の話は禁句のようであった。自分の飲み分、多少の食べ物を持参したものである。そのままほろ酔い気分で車を運転し皆帰って行った。おおらかな時代であった。

旅行にもよく行った。多くはドライブであるが、内陸部への列車旅行は忘れられない。大陸中央部のエアーズロックのあるアリススプリングズまで列車で3日かけて出かけた。食事と毎日変わらぬ景色を眺める旅であったが全く異質の世界を見ることが出来た。日本には新幹線が走っていたが、ゆっくりとした時間を忘れる旅であった。エアーズロックは世界一と言われる割れ目の無い1個の巨大の石でそれが砂漠の中に忽然と現れた時は感動を覚えたものである。登山道の無い石の表面を死ぬ思いで登ったのも懐かしい思い出である。登山道の途中には、○年○月○日ここより○○氏が転落死との墓標が幾本も建てられていた。日本であれば登頂禁止か、太い鎖が付けられている場所である。すべては自己責任なのである。留学ならぬ悠々たる遊学の中に身を置く幸せな時期であった。

論文は完成したが

仕事も順調に進み、2年9か月で論文を書き終えた。Nairn教授の主催する免疫病理学教室の最短記録であった。今でも破られていないと聞く。問題はその論文の内容を3~4枚にまとめねばならないときに起こった。これには大変苦労した。英語はスラスラ書けているつもりであったが、それは科学的な文章である。〝まとめ〟は文学的ニュアンスを要求される。私が書いたサマリーをボスに提出したところ、最初の1~2行読んだだけで、書き換えて来いと言われた。どこが悪いのか言わない。2

〜3回それを繰り返された。私も困り、ジェニーに相談すると彼女は「ネイルン教授は大変いい英語を書く人だ。私などもまねができない文章家だ」という。彼が文章に非常にうるさいことは分かっていたが、今まで論文を書く過程でほとんど文句も付けられていなかった。私は何か別の問題があると感じた。

当時ネイルン教授は私に「Ph.D.の修業年限は3年だ。お前が来たのは2年前の5月だから今年の5月まで滞豪しなさい」と言ってきた。私は「論文は完成させたのだし、3月中に帰国せねば岡大で助手のポジションが取れない」ということは彼には話しておい

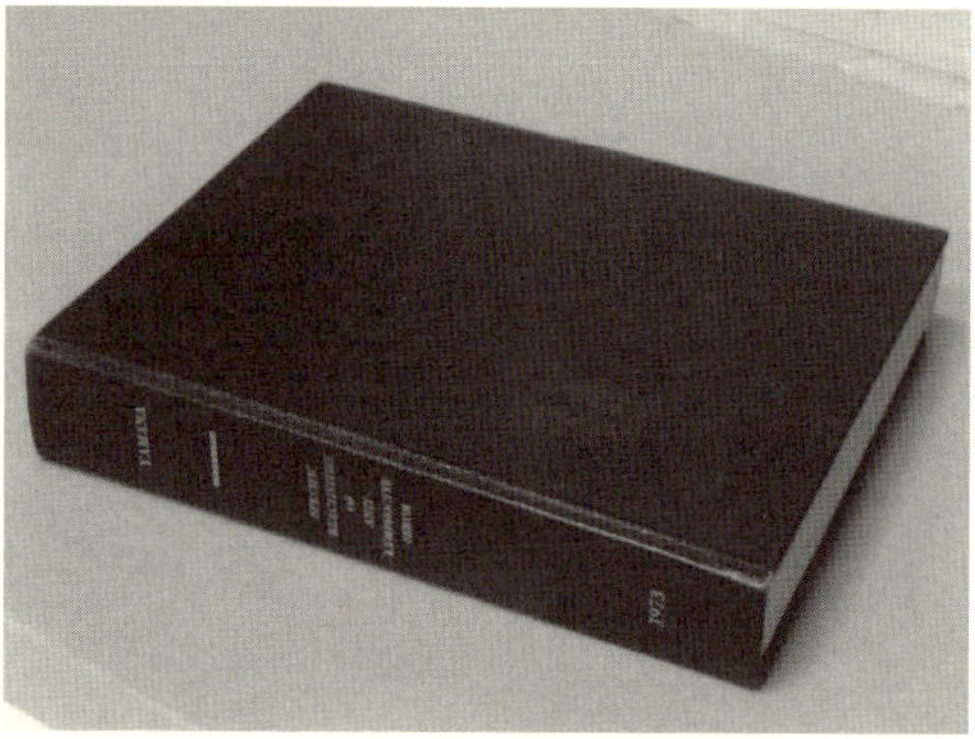

300ページに及ぶPh.D.の博士論文。
3部作り、1部は海外レフリーに送り、もう1部は国内のレフリーに送られチェックを受ける。その後口答（オーラルテスト）がある。
この論文を完成させたことが私のその後の精神的支柱となっている。

た。ところが「征三、お前は講師でここに残る方法もあるぞ」という。私は自分の現在の聞き取りとしゃべりの英語力、5年滞在をしたとしての英語力を慎重に考えていた。私の欠点は英語の聞き取り能力が弱い。英語を母国語とする人間には遠く及ばない。死ぬ思いで努力すればどうかとも考えた。結論はNoで日本に帰らねばならないということであった。そんなやり取りがベースにあったわけである。たかが3～4枚のサマリーを一生懸命書き換え、再度提出しても5～6行読むとだめだという。また直す。またダメを食らう。そのやり取りを辛抱強く繰り返して、10回目くらいにやっとOKが出た。

これで帰国できると思っていたところ、Ph.D.の取得には論文を提出して海外の審査員との口答試験がある。それは3年目で5月だと言ってきた。自分がやった仕事の内容についてのOral Testだから自信はあった。しかし、私はこの時点で覚悟を決めた。私は日本にポジションを持っていない。4月までに帰ればポジションを一つ残しておいてやると大藤教授からの伝言が来ている。日本に居た時、私は筆頭無給副手という立場であった。上が辞めれば助手になれるポジションである。大藤教授に従えばネイルン教授の意に背く。板挟みに苦しんだ。気晴らしにゴルフをする時、ボールに〝Nairn〟と書いて思い切りしばいて気を紛らわせた。今にして思えば大変失礼な事をしたと恥じている。ネイルン教授は私の忘れ得ぬ恩師の一人である。

モナシュ大学は私が滞在していたころ、すでに巨大な総合大学であったが、今では世界100大学の中位に位置するほど素晴らしい発展を遂げた。広大なキャンパス、新しい発想のもとでの大学づくり、多くの留学生、豊かな資金力である。しかし私は、日本に帰ったことを後悔していない。相変わらず英語の聞き取りが悪いゆえである。

無給医局員

現在、世をにぎわせている無給医師、即ち、医師として働いているのに大学からは給与が支払われない医師のことである。これは医師養成の仕組みから来ており、我国の医療制度が始まった時から存在している。私共古い世代は先輩から教えてもらわねば医療技術は身につかないのだから、一定期間は必要悪として仕方なしという考え方であった。私は1965年医師として国家認定を受けた。1970年渡豪するまで5年間は大学病院で昼夜を問わず仕事をして来たが大学から一切の金銭はいただいていない。その代わり大学は週2日間外の病院でアルバイトをすることを認めてくれ、斡旋してくれた。それで豊かではないが生活はできた。このシステムの最大の利点は大学が医師を市中だけでなく遠隔の山間島嶼部にまで派遣し得たという事である。私共の世代はこの無給医局員制度を受け入れてきたのである。今の若い者のいうように給与を払うとなると医師養成のシステムと医師配分という供給網が根底からゆらぐことになる。

帰国の決断とその後の交流

私の心は日本に帰れと言っている。日本でポジションがなければ生活に支障する。オーストラリアではネイルン教授、ジェファーにずいぶんお世話になった。そのことは心より感謝している。私はオーストラリアでプロとしての仕事を続けるには語学のハンディが大きすぎる。Ph.D.の論文を完成させたことは事実であるので、Ph.D.の証書を授与されなくても仕方がない。決めたら気持ちが楽になり、春休みで誰もいない教室の私の机の上に簡単な詫びの手紙を残して、3月末メルボルンを離れた。半年間音沙汰がなかったがその年の9月、ネイルン教授よりPh.D.の認定証書と論文の原本が送られてきた。このわがままな日本人に吾が恩師ネイルン教授が温情を示し、許してくれたのである。

帰国後は訪豪してお会いし、退官後英国に帰られてからも師弟の交わりを続けた。以来、ネイルン教授とジェファーとの付き合いは続き、名誉教授ネイルンを日本にご招待し、京都にお連れしたことを懐かしく思い出す。ジェファーは度々日本に来て日本の生活を楽しんでいた。今は年に一度のクリスマスカードでお互いの消息を確認している。

現代の浦島太郎

3年ぶり、正確には2年9か月ぶりに日本に帰国し、昔の職場に復帰した。そこで見たものは浦島太郎が竜宮城から故郷に帰り、玉手箱を開けた時の状況はかくありなんと思わせるものであった。教室は3年前に出た時の、あの薄暗い汚れた戦前の木造建築のままで、天井には蜘蛛の巣が貼り、床はミシミシ音がし、今にも穴が空きそうであった。まさに3年前の姿がそのままあったのである。

メルボルンでの研究環境から360度回って、さらに180度回ったくらいの変化に驚き、奈落の底に突き落とされたような思いであった。人間は3年ほど素晴らしい環境で生活し、仕事をしていると、その間に自分の古巣の研究環境もよくなっているに違いないと勝手に夢想するものである。少なくとも私はそうであった。臨床の教室で研究を主たる目的にしていない施設とはいえ、あまりにもお粗末な現実がそこにあった。私の気持ちから研究意欲が急速になえていくのを感じた。

メルボルンから山名先生が帰ってきた

岡大医学部の100有余年の歴史の中で、アメリカ、ドイツなどに留学され立派な仕事をして論文を書かれた先輩は枚挙にいとまがない。英連邦（Commonwealth）の一員であるのオーストラリアで英連邦共通のPh.D.を取得したのは岡大医学部の長い歴史の中でも私が第一号であった。

オーストラリアに行く前の私の抗リンパ球抗体の仕事はある意味学会で特別の扱いを受けていた。帰国したころには私が渡豪する原因となったリンパ球の概念はTリンパ球、Bリンパ球時代となり、免疫にかかわる研究者の共通認識となっていた。しかし、3年前の私の抗胸腺細胞抗体（抗Tリンパ球抗体）と抗脾細胞抗体（抗Bリンパ球抗体）のイメージは私に付きまとっていたようである。世界の免疫学3代学派の一つメルボルン学派でPh.D.を取得しての帰国、そして学会参加であったゆえ、何らかの期待を込められたか知らぬが、各種学会からシンポジストとして指名され、超多忙な生活が戻ってきた。3年間のオーストラリアでの仕事を細切れに出すことで当座をしのいだ。

しかし、私の心にはすでに埋めがたい空洞ができていた。私は当時細胞性免疫グループ長であったが、大藤教授は私のもとに多くの若手医師を部下として送り込んできた。しかし私の意欲の衰えは如何ともしがたかった。T細胞、B細胞時代を迎えたとはいえ、1970年代は臨床の場で患者と関わりつつ細胞性免疫の研究を続ける者にとっては苦難の時代であった。

臨床をやるものは、臨床に役立つ研究成果を挙げねばだめだ

私の属していた科はリウマチ・膠原病科。従って多くの膠原病、関節リウマチ、膠原病類縁疾患の患者が来院される。回診では患者の病態を反映するデータをもって患者の病態を判断する。液性免疫班は自己抗体、補体と関連する指数を多く持っていた。しかし、細胞性免疫班は患者の病態と並行して動き、しかも簡単に測定できる指標はほとんど持ち合わせなかった。従って、回診中は暇で教授から何か尋ねられることもなく、私の方から提言することもなく、病室の片隅でゴルフ談義をしたり、スイングのまねをしたりして時間をつぶしていた。

かといって何もしていなかったわけではない。私の頭の中は臨床に役立つ細胞性免疫指標で何かないか追い続けていた。ポーク・ウィード・マイトジェン（PWM）によるリンパ球の幼若化はどうか。患者組織でリンパ球を培養すると面白いのではないか、リンパ球を培養してのリンフォカインの測定で、何か得られないか。各種疾患ま

たは病態の変化でTリンパ球、Bリンパ球に形態的、数的変化は起きないかなどなどである。しかしいずれも臨床指標を敏感に反映し、かつ簡便さに欠けていて臨床指標とはなりえず、従前からあるツベルクリン反応を越えるものは見いだせなかった。学会を見渡しても同様であった。研究のための研究ならいっそ基礎医学に行ってやればいい、中途半端は時間の無駄との思いと現実との葛藤に苦しんでいた。私の性格は自分が何か創造的なことをしている時は充実しているが、振り返って何の足跡もついていない時間は無に等しいと自分を追い込む貧乏性的なところがあった。学生時代とは全く異なる自分がそこには居た。

２０１８年、京都大学の本庶祐先生ががん治療薬（抗ＰＤ-1抗体、オプジーボ）でノーベル賞を受賞された。リンパ球が人間の免疫防御機構に関わっていることは多くの傍証があったがそれを直接証明したわけである。今後リンパ球の役割がより詳細に解析され、遺伝子手法と相まって新しい展開が予測される。１９７０年代私共が悩み苦しんだ臨床指標として使えるリンパ球の役割も期待できると考えている。

ＰＭＷ：マメ科の植物から抽出された細胞分裂促進物質。

リンパ球幼弱化反応：リンパ球を細胞分裂促進物質と培養するとリンパ球は幼弱化する。

リンフォカイン（サイトカイン）：抗原を認識したTリンパ球から放出される生理活性物質の総称。例えばT‐細胞増殖因子、インターロイキン2、インターフェロン、リンフォトキシンなど。

液性免疫：免疫系は大きく液性免疫と細胞性免疫に分けられる。液性免疫は抗体や補体を中心とした免疫系である。

膠原病：皮膚、筋肉、関節、血管、骨、内臓に広く分布するコラーゲンに対し慢性的な炎症が生ずることから発症する病気。全身各所に炎症を生じ病名も数多くある。（例）関節リウマチ、全身性エリテマトーデス、強皮症など

膠原病類縁疾患：膠原病と似ているが自己抗体が産生されないなど膠原病の条件を満たさない病態が存在する。それらを一括してこのように呼ぶ。（例）ベーチェット病など。

自己抗体：自己の細胞〜組織に対して産生される抗体のこと。これらを持つ疾患が自己免疫疾患。

ツベルクリン反応：4歳までの乳幼児で結核の感染を調べる検査法。ツベルクリン反応が陰性の場合弱毒結核菌BCGを接種する。

オプジーボ：京都大学医学部の本庶佑博士のチームが開発した人型抗ヒトPD-1モ

ノクローナル抗体。悪性黒色腫、肺がん、腎がんなどに使える。小野薬品が製造販売。

ベーチェット病外来

大学在籍中、私はベーチェット病外来をやっていた。昭和30〜40年代（1955〜1970年）は国民病といってもいいほど多くのベーチェット病患者が発症しており、後天的失明の原因として1位は糖尿病ではなく、ベーチェット病であった。しかも働き盛りの20〜30代の若い男性が発症して、1〜2週間のうちに眼発作で失明するという信じがたい現象が起きていた。今振り返ってみると当時の農薬の過剰使用が原因ではないかと疑っている。当時のベーチェット病の厚生省研究班はミニブタに農薬でベーチェット病を起こすことに成功していた。ベーチェット病は全国津々浦々均等に発症し、若い男性に多く発症する病であった。農薬使用が控えられる1973年のオイルショック以降には減少に転じ、今では新規の発症は極めてまれである。

ベーチェット病は1937年トルコの眼科医ベーチェット博士が口腔内アフタ、結節性紅斑、ブドウ膜炎の3主徴を伴って発症する症候群に対し、独立疾患であるとしてベーチェット病と命名した。ドイツ語で論文を発表したため、世界的に知られるようになり、以来全世界で認知されるにいたった疾患である。

この疾患の特徴は病変部に好中球が高度に出現することから、好中球病として広く認知されるにいたった。強い炎症を伴うことからステロイドホルモンをミニパルス的に使い漸減する治療法が一般的であった。1970年になって、好中球の遊走を抑えるコルヒチンが使われだし、これが本病の症状を緩和することが判明した。このことからベーチェット病は好中球病との考えがますます強固となった。コルヒチンは症状を緩和するが治癒させることはなかった。

好中球：好中球は白血球の一種で細菌感染症や真菌症などに対し食作用で身体を守る機能を持っている。

ミニパルス：ステロイドホルモン、メソトリキセートなどを通常の投与量より多い量を短期間に衝撃的に使用する方法。

コロンブスの卵

1969年厚生省が立ち上げたベーチェット病研究班ではその原因解明が進められていた。まず、溶連菌感染が引き金であろうとの仮定の元、水島裕班長はその究明に取り組んだ。任期2年の間に半ば強引に溶連菌感染が原因であるとの結論を出した。私はその過程を見ており、ああこうゆうやり方もあるのかと冷めて見ていた。ベーチェット病の病変は無菌性感染であるということは多くの根拠があり、溶連菌感染の決定的な根拠が示されないままの結論であった。

そのあと、島根医大の坂根剛先生が班長となり、免疫の立場から病因究明に乗り出した。私は出番が来たと思い、本気で取り組む決意をした。今までの研究プロセスを見ると、出来上がった病変部の生検材料を用いてなされ、好中球以外には認められないということで好中球病として広く認識されていた。

私は病変の本質を見るには、その起こり始め、即ち病変の初期の初期に患部で何が起こっているのか観察しなければならないと考えた。加えて外部環境が働く口腔内アフタなどの開放性病変部は避け、ターゲットを結節性紅斑の初期に絞った。外来で患者が来ると紅斑はと尋ね、出来る限り初期の紅斑を追い生検を行った。当初は標本の大部分は好中球であった。これらの紅斑は出来て2~3日経過していた。さらに問診を重ねるうち、昨日はなかったが今朝目覚めたら出来ていたという紅斑に遭遇した。表面はうっすら赤みを帯び、触れるとかすかな硬結を感じた。

当時、青井克行先生にこのテーマを与えており、私の外来でみつけた超早期例の生検検体をホルマリン固定し、ヘマトキシリン・エオジン染色で判定する仕事をしていた。そんなある日、青井先生が私に「先生、標本にはリンパ球しか見られませんよ。」

と報告に来た。私はそれを聞いた瞬間、してやったりと思った。顕微鏡に目をやり、生検標本を綿密に観察した。標本には見事なリンパ球の集簇は見られたが好中球は観察されなかった。私もこの時ばかりは心が躍り、ベーチェット病の起こり始めはまずリンパ球ありきだな、それから何らかの機序で好中球が集まり、好中球病として完成していくに違いないと考えた。その後同じような検体を4〜5名の患者より得た。すべて同じ所見であった。加えて、紅斑発症24時間前後で好中球が急速に病変部に集簇することも確認した。

超早期例を診るということは至極当然なことであるが、過去誰もやったことがなかった。そのような症例を集められる環境にはなかったのであろう。私共のグループはそれをなしえたのである。今にして思えばコロンブスの卵と言えるものである。

ベーチェット病はリンパ球により誘導される病態であるとの新学説を立てる

当時、ベーチェット病は膠原病類縁疾患として分類されていたが、自己抗体がほとんど見つからず、ＩｇＤが特異的に増加することが特徴的であった。ＩｇＤの病因的意義は今日でも不明である。これら一連の生検データは学会、厚生省班会議で発表したが皆さんその意味が理解できないのか、反応はいまひとつであった。

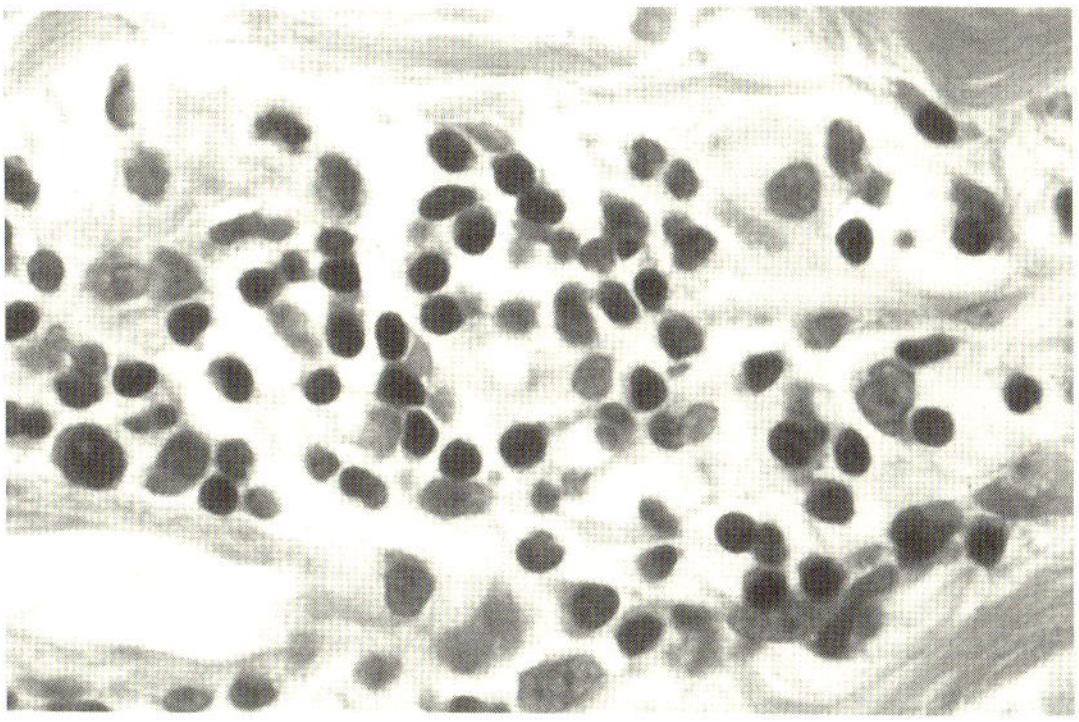

ベーチェット病患者の超々早期の結節性紅斑の組織像。
リンパ球浸潤のみで好中球はみられない。発症後約10時間。このあと好中球が猛烈な勢いで局所に浸潤してくる。

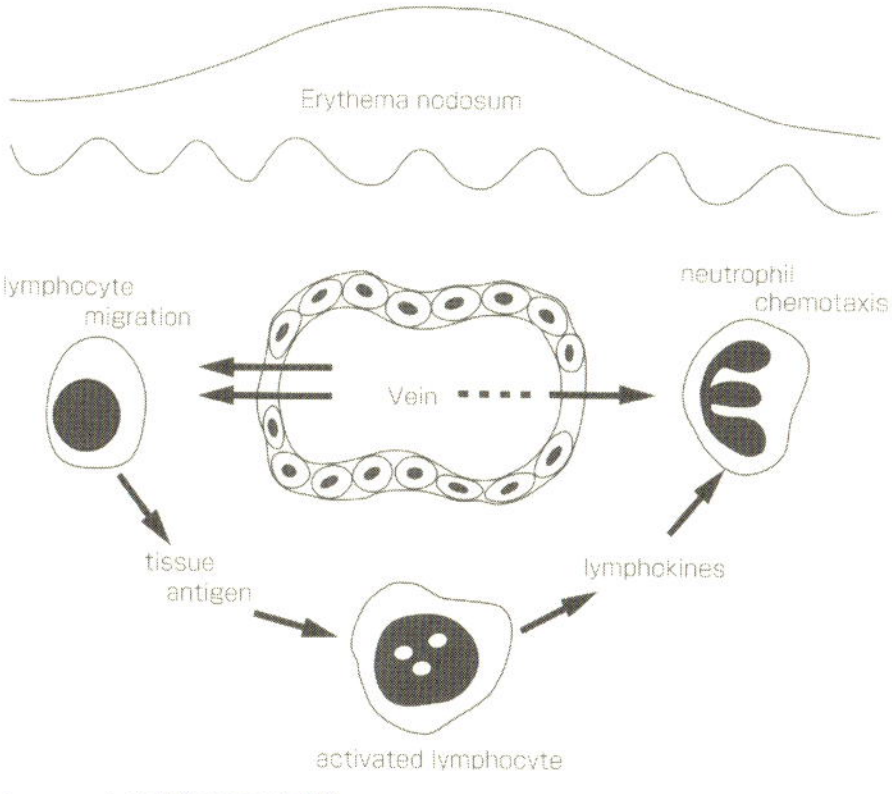

ベーチェット病発症の仮説。
病変局所で活性化されたTリンパ球はサイトカインを分泌し好中球を局所に呼び寄せるとの仮説を立て実証した。

私はリンパ球浸潤の意味を明確にせねばならないと考えた。局所抗原にさらされたリンパ球が幼若化する過程で好中球を呼び寄せる何らかの分泌物（サイトカイン）を出しているに違いないとの仮説を立てた。同じグループの山本道教先生とオクタルニー法で実験を行った。その結果、好中球は患者血清の方へ遊走し、正常人血清には向かわなかった。即ち、ベーチェット病の本体は病変局所で活性化されたリンパ球から放出されるサイトカインが好中球を局所に呼び込んで形成される病態であり、本質はリンパ球病、即ち自己免疫疾患であり、好中球の集簇はその結果に過ぎないことを証明した。私

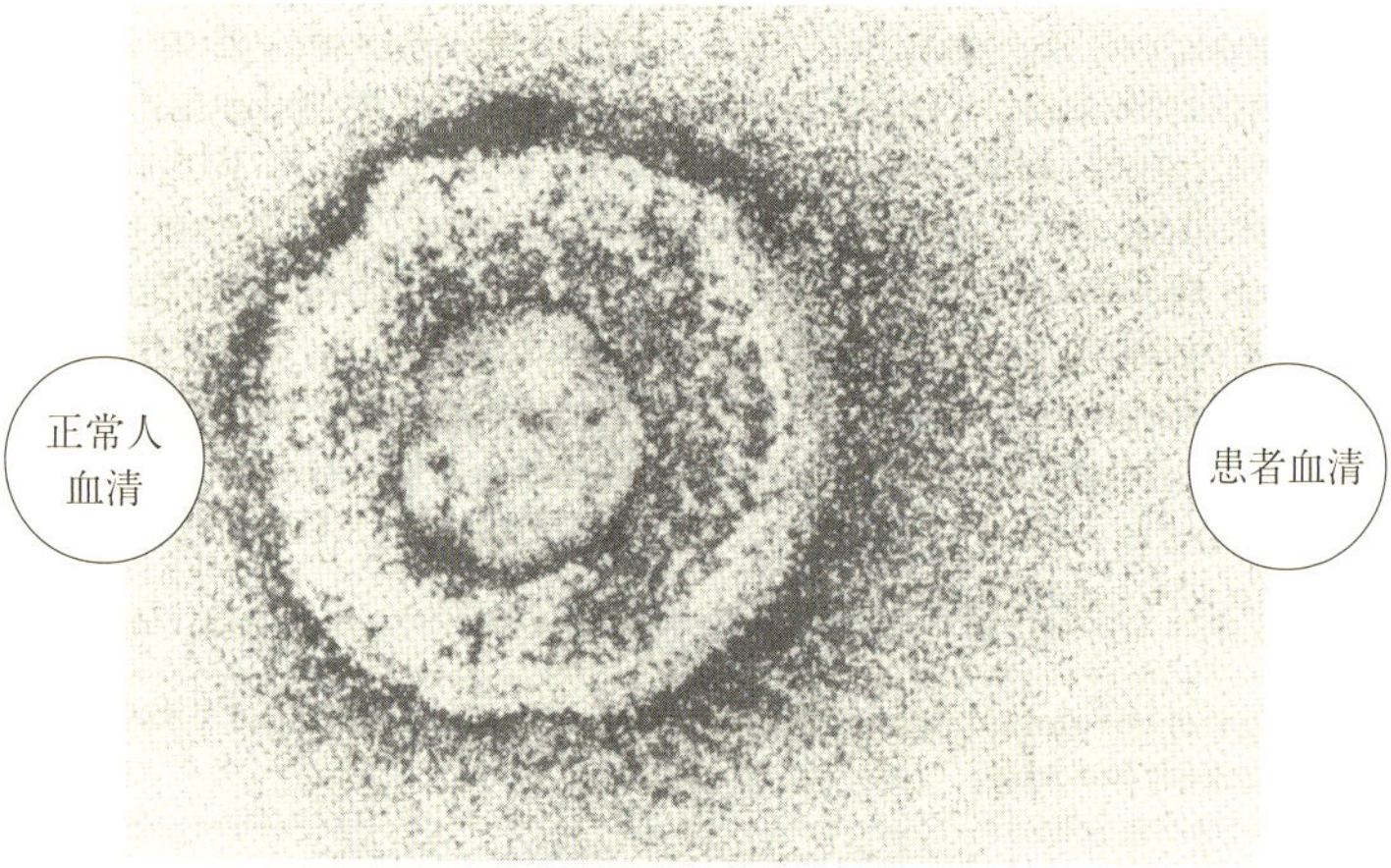

好中球は患者血清の方へ遊走している。

はこれら一連の実績から、将来ベーチェット病はベーチェット・ヤマナ病と呼ばれることを期待している。

自己免疫疾患：本来病原体から身体を守るはずの免疫システムに異常をきたし自分自身の身体を誤って攻撃するようになった状態。多くの疾患を含み膠原病は大部分自己免疫疾患である。（例）関節リウマチ、全身性エリテマトーデスなど

第1回世界ベーチェット病ロンドン会議で報告―世界の注目を集める

１９８０年ロンドンで第１回ベーチェット病国際会議がタイミングよく開催された。当時ベーチェット病は日本に多数発症する風土病的疾患と考えられており、研究面でも世界で群を抜いていた。私は日本人でただ一人座長に指名され、これら一連のデータを持って参加した。発表に対し、多くの質問が寄せられ関心の高さが示された。発表内容は地元の新聞、研究誌でも大きく取り上げられ、久しぶりにいい仕事をした充実感を感じたものである。

厚生省班会議では私共のデータがそっくりそのまま2年間の班として出した研究成果として扱われ、苦笑いしたものである。１９７０年代は細胞性免疫班のリーダーとしては苦難の時期であったが、ことベーチェット病に関しては後世に残る仕事をさせ

てもらった。

しかしこれら一連の発見は早すぎた。その後、30年間以上誰からも顧みられることがなく過ぎた。ベーチェット病がリンパ球病であることの意味は関節リウマチの特効薬TNFα抗体（レミケード）を使った画期的な治療法の登場まで待たねばならなかった。レミケードがベーチェット病眼症状に卓効したのである。即ち、Tリンパ球をたたくとベーチェット病の眼症状が著明に改善したのである。これにより治療面からもベーチェット病とリンパ球の関係が明確にされた。

これら一連の研究成果から20世紀のリウマチ学をリードしたレジェンドの一人として評価されるにいたった。大学で研究者として残らなかった私としては面はゆい気分であったが悪い気持ちはしなかった。

関節リウマチ：膠原病の一つ。関節の滑膜に炎症を生じ長期的には関節を破壊する。自己免疫疾患とも言う。
ヘマトキシリン・エオジン染色：組織、細胞の基本構造を簡単に見るための染色方法。

大学を去る決意を固める

20年間の大学在籍中2つの華々しい成果を上げた。これだけで通常なら大学人として悠々と学生に講義でもしておればよく、誰も文句は言わないし、言えないレベルの研究成果であった。東京あたりでは学会仲間から「大藤先生の後は先生ですね。」と公然と言われていたようである。そう思っていなかったのは誰あらん私だけであった。

大学教授のポジションはたまたま退官する教授の次か、その次の次のポジションにいるということが80％、残り20％が運と業績という順番である。他大学にチャレンジすれば業績が80％と逆転する。第三内科では私の上には5人いた。大藤教授は自分を支えた免疫班には一顧だにせず、卒業年次の上から3人選んでの選挙戦となった。大藤教授のみこしを担いだ免疫班は土俵にも上がれなかった。私はこの時すでに大学を離れていたので関係なかったが、教授選とはそのようなものである。私は自分自身の性格から大学には長居をしてはならない、私が考える人生構築にとってこれ以上時間を無駄に出来ないと本気で考えていた。大藤教授は次々と部下を私のもとへ送り込んで来るし、私は大学を去ることを考えていたし、誰にも相談できない悶々とした日々が続いていた。

とんでもない失敗

ベーチェット病の成果を英文で一流ジャーナルへ発表しようとした際、思いがけないことが起こった。当時東大卒の稲葉午朗先生が、「BEHCET'S　DISEASE」という英語本を出版するので先生の仕事を英文でまとめてくれないかとの依頼があった。私は深く考えず「わかりました」と二編の英語論文をまとめて提出した。論文は立派な本となり、関係者に配られ国会図書館にも寄贈されたが、そこ止まりであった。海外で出版されたとは聞いていない。

私は今回の研究内容をまとめて世界の一流ジャーナルに投稿するべく準備に取り掛かっていた。その際、ある先生から先生の論文はすでに本になっているのでジャーナルには投稿できませんよと言われた。考えてみればその通

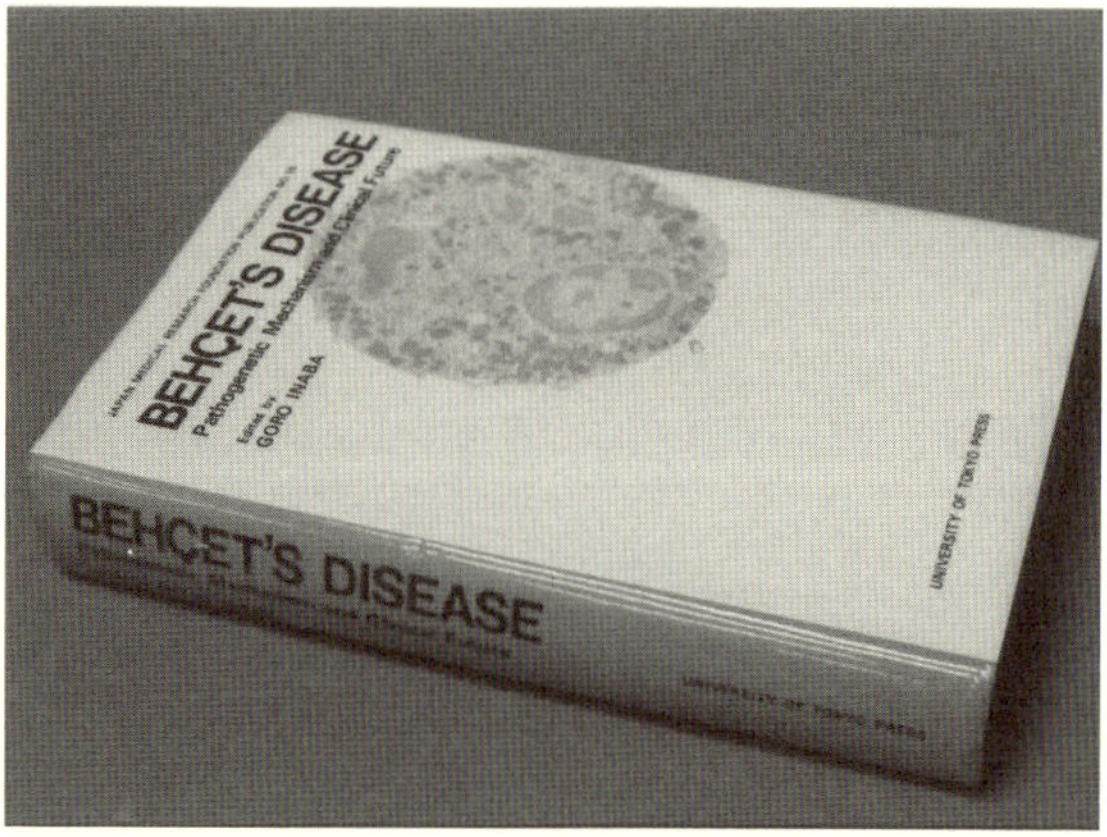

私の英文論文２編が掲載されている。本著は東大の学内出版で、コマーシャルベースで海外にまで出回ることはない

りで、ジャーナル掲載の件は没にせざるを得なかった。何とも浅慮の極みであった。従ってベーチェット病の概念を根底から変えた私の業績は日本語で発表されたが海外には原著として出ず、今日まで埋もれている。すべてのベーチェット病の研究者は私の業績を百も承知であるが40年を経過して誰一人日本からこのような優れた仕事がすでに出てますよと海外に発信する人はいない。逆に私が下野しているので自分の仕事のごとく言う人はいる。日本の研究者の多くは、同胞人の仕事は認めたくないのである。何とも寂しい。

世界一周旅行へ

悶々としていたころ、オーストラリアの首都キャンベラで世界リウマチ医交流会があるので日本を代表して出席してもらえないかとの依頼が日本リウマチ学会からあった。ちょうどその2か月前にサンフランシスコで国際リウマチ学会があり、出席を予定していた。この際サンフランシスコより、2か月かけてゆっくり世界旅行しながらキャンベラまで行こうと何とも不埒な計画を立てた。私が自由人、自己中心的と言われるゆえんであろう。当時は私がすることに周囲から文句は言われないし、また言えない状況であったのであろう。この計画はすんなり大藤教授からも認められた。

どこでお聞きになったのか、教室に出入りしていた先輩の山本伸郎先生、この方は長らくエーザイで仕事をしておられたお偉いさんで世界に知己を有していた。世界旅行をされるのであれば、私が出入りしていた大学、研究所がアメリカにはたくさんあります。そこに知人もいるので立ち寄って講演でもされたらどうですかと言われた。私はただ観光旅行に行くだけなら面白くないと思っていた矢先でもあり、ありがたくお受けした。山本先生が紹介状を送ってくれたり、私自身も2～3のところへアポをとったりした。

サンフランシスコの国際リウマチ学会での１コマ。
中央に恩師　大藤眞教授　右に慶応の本間光夫教授
左端に七川教授など、錚々たる顔ぶれが見られる。
このあと私（右より２人目）は世界一周旅行へと旅立った。

当時は面白い世界周遊券があった。出発地より到着地が東側であれば南北はどこまで行ってもよい。実に面白い券で、その代り飛行機の予約、ホテルの予約はその場で自分がせねばならない。空港に着くとボードを眺め、目的地を決め周遊券で搭乗。到着地では空港でドライブインなど電話で直接予約するといった式である。飛行機の席が満席であればファーストクラスに案内されたこともあった。1か月間、サンフランシスコ、ロサンゼルス、サンディエゴ、バンクーバー、カルガリー、デンバー、イリノイ、シカゴ、ボストン、チャールストン、ニューヨークへと飛び、各地で時間の許す限り講演活動、観光を行った。

アポを取ったところでは私の仕事のミニレクチャーをして、講演料も頂きながらの気楽な旅であった。私のつたない英語でよく厚かましくやったものだとその無神経さにはあきれている。おかげで肝心の観光旅行は思ったほどできなかったのは残念であったが、その時その場で歓待を受け、いい思い出をつくらせて頂いた。

ニューヨークからロンドンに飛び、今年で最後になると言われたオリエント急行にパリから乗り、ウィーン、プラハまでの列車旅行、そこからは空路バンコク経由で最後の目的地キャンベラに入った。当時は米ソの冷戦時代で2人の怖いおじさんが世界を二分していたので他の国々は極めておとなしく、治安もよく旅行中危険を感じたことはほとんどなかった。古き良き時代であった。

帰国して、さしたる研究の糧になるようなものも持ち帰らず、また漫然と過ごす日々が始まった。しかし、その後の人生においてこの経験は予想をはるかに超える私の精神的支柱となった。即ち、世界中いたるところ国あり、町あり、山野あり、人々が集うも同じ地球人ということを実感させられた旅であった。

大藤教授が学部長選挙に出る

大学では大藤教授は病院長の次の学部長ポジションを狙っていた。先生は権勢欲の極めて強い方で、大学

サンディエゴのスクリップスクリニック（世界３大免疫センターの一つ）のボーン教授主催のパーティーで。左側にボーン夫人、出席医師は私と同年代の世界から集った先生方。在米中このようなパーティに何回か招待された。

においても、学会においても常に立場を追い続けていた。

学部長選挙の相手は基礎系の佐藤二郎教授であった。この人は野人と言えば聞こえはいいが、いろいろな噂の付きまとう人であった。しかし、選挙となるとめっぽう強い。当時の学部長の選挙は教授だけでなく、基礎系の職員も一票を持っていた。佐藤先生は彼らとマージャンをしたり、飲んだりすることで彼らの心を掴んでおり、職員間に太いパイプを持っていた。

大藤先生は選挙参謀に太田善介助教授を当てた。佐藤二郎教授から見れば太田君には次がある、即ち、教授選がある、そこを脅せば動けなくなることを良く知っていた。案の定、太田先生は動けず動かずであった。大藤先生はいつもの細い目を真ん丸にして、眼はおびえていた。太田君が動いてくれない。大藤先生にとって落選など思いも及ばない事であった。飛び級で一中、六高と来た人で、私共の理解を超えた何かがあったのかもしれない。

ある時、私が大藤先生に呼ばれた。「山名君、今日から君が選挙参謀でやってくれ。」とのことであった。私は教室内において卒業年次が上から5番目の序列である。教授選で5番とびならいざ知らず、太田先生には大変失礼な依頼であった。しかし、私は「はい、わかりました。」と答え、翌日より教授室回りを始めた。

当時の教授連も20～30年前より腰は低くなっていたがいまだ気位は高く、私のような若造が選挙ごとで教授室を訪ね歩くこと自体、こころよしとしない雰囲気があった。私はこの選挙に勝っていただくことが大藤先生に対する最後のご奉公とばかり連日5～6人の教授連にお会いして、大藤教授の支持をお願いした。選挙をすると人がわかるというが、会って一言二言で敵か味方かすぐ分かった。敵だとわかった時には、私の感触では大藤教授が70～80％の確率で勝つと感じていますという言葉を残して部屋をあとにした。結果は、大藤教授の勝利に終わった。私のように失うもののない者は強い。その頃既に大学を去る気持ちを固めていた者にとって怖いものは何もなかった。

選挙の後、大学を去る気持ちは決定的となり、いつ大藤教授にそのことを切りだすかであった。昭和54年（１９７９年）の暮れ、辞意を伝え大藤教授は無言で受理してくれた。先生は私の固い辞意をすでに知っていたのである。辞表を提出したとき、私は細胞性免疫班のトップであった。私の下で働くようになった若いＤｒｓ.には申し訳ない気持ちはあった。早く私の気持ちを周囲に伝えておけば彼らも別の道を取っていたかもしれない。しかし、その時の私の気持ちは矢野啓介、西谷浩次という若手を指導できる後輩が育っており、私が教室を離れても何の問題もないと確信していた。

大学を円満に去る道筋がつき、子供の頃からの夢の実現へ一歩踏み出せたとの想いから私の心は躍っていた。

医業家時代

大学にいれば岡大医学部でなくても他大学で教授職に就くことは当時の私の実績からするとさほど難しいことではなかったと考えている。しかしその選択肢は私の頭の中にはなかった。大学を離れて実地医家として何かやりたい気持ちを抑えることが出来なかったのである。新天地で何かしたい、その衝動のみであった。

二つの中堅病院（200床以上）から院長で来ないかと声がかかる

その頃、岡山の私の遠縁になる病院と、週に一度アルバイトのために行っていた広島県の西条の病院から院長で来てくれないかとの声がかかっていた。日頃の会話の中で、私が大学を離れる意志を持っていると読まれてのことである。私は広島にはリウマチ、膠原病の専門医がほとんどいず、無人の荒野といえば失礼であるが、活躍の場が十二分にあることを知っていた。私は西条中央病院の院長として行くことを決めた。この病院は、西条という田舎で急速に伸び周囲のやっかみの対象であった。そこからいろいろ厳しい中傷にさらされ昼間は暇であるが、24時間365日体制を敷く救急病院で夜間は大変忙しい病院であった。

大学生活でマウスを相手にすることが多く、臨床の腕はさびていた。それらを取り返すべく約10年間救急医療の現場で臨床をやり直した。第一線の昼夜を問わぬ救急医療に触れ、臨床医として喜びを感じつつ我を忘れて頑張った。臨床的勘を急速に取り戻し、大学の研究生活とは別の喜びを味わった。一方で大学に20年近く在籍していたため、学会と縁が切れず4年ほどは学会と厚生省の斑協力者の立場で掛け持ちの生活であった。

院長として社会の第一線の病院に入り、一番痛切に感じたことは私が社会人として未熟、即ち社会的常識からかなり乖離していると感じたことである。物事の決め方、考え方すべてにおいて社会から直接学びなおさねばならなかった。それほど私は大学時代特別の空間にいたということである。ご当人は気付いていないかもしれないが、このことは大学人全てに言えることでもあろう。

自立への道―子供のころの夢の実現へ向けて

24時間365日体制の救急病院、西条中央病院の理事長は青山照美先生で岡山医専を卒業後、岡大病理に所属された。私はこの人から社会学を身をもって教えられ、恩師の一人と言える。青山先生は20代で西条町議会議長を務められ、政治には早くから関心を持っていた。健康上の都合で中央政界に出る野望は捨て、病院経営に夢を託していた。その考えること、行動力はスケールの大きいものがあった。私はその病院で10年間、実地臨床をやりながら院長職を務める雇われ院長で、実地臨床に、社会学に磨きをかけた。50歳になり、開業の準備に入りかけたその目の前で1990年正月明けに未曾有のバブルがはじけた。

バブル崩壊が社会に与えた影響は甚大で、それを契機に世の中の景色は大様変わりをすることとなった。今動いてはいけない、世の中のお金の動きは止まり、人々の意欲も急激に低下し、まさに世の中の全てが凍り付いた。それまで大変なにぎわいを見せていた広島の流川、薬研堀は閑古鳥の鳴く街となった。私は東広島の片田舎造賀に妻との終の住屋として家を新築していて、代金の支払いのため1989年12月26日全株を処分していた。従って全く被害にあわなかった。運の強い人間である。その後は冷静に世の中の動きを見

患者を集めて講演活動を繰り返す。忙しい病院業務のかたわら、広島市内、山口県の各所に出向き集患に努めた。

て4年じっと待った。冷え切った世間にも幾分生気が感じられるようになり、改めてゼロからの発想で開業の準備を始めた。

ある日、大成建設の知人が訪ねてこられ、先生に融資したい銀行があるとの情報を頂いた。誰に聞いたか知らぬが、私が開業するという噂は地元にも流れていたのであろう。彼は私を某銀行の融資部長に紹介してくれた。融資部長は開口一番、「先生、5億ですか、10億ですか、15億ですか、いくらいりますか。」ときた。私はそれには驚き、担保は何もありませんよと言うと、その融資部長は「先生が担保です。」という。彼らは私の中央病院時代における仕事ぶりを良く調べていたようだ。

バブル破裂後の銀行は融資基準を大幅に変えていた。バブル崩壊騒動で土地は各銀行ともゲップが出るほど持っていた。「今はその土地の上で何をするか、何が出来るかが融資の基準です。」という。「だから先生には先ほどの金額を提示させてもらいました。」ときた。その日私は考えさせてくださいと言って帰り、専門病院として必要と考えた40床の病院を3人のドクターで回し、広い駐車場を確保するにはどれほどの金額が必要かを概算した。

バブル崩壊の後遺症はすさまじく、バブル前に計画し、バブル後に完成を見た事業体は軒並み苦境に立たされていた。私は病院の全体のイメージを、サンダル履きで気軽に出入りできる施設にしようと決めた。当時イトーヨーカドーのセブンイレブンの鈴木敏文社長がテレビに出て、これからの会社は土地建物なんでも借りられる物は全て借りてやるべし、買うべからずと話していたのを思い出し、土地は全て借りることにした。その結果、6億あれば40床の病室と外来は出来るとの結論に至った。

これら一連の事を、病院経営をしていた私の兄貴に話した。「バカ、征三。」が開口一番の言葉であった。お前は何を考えているのか、医療界が今どれほど厳しいかお前は知らないとけんもほろろであった。病院経営に関わる先輩10人に同じ質問をぶつけたが、反応は全員兄貴と同じであった。その中でただ一人、胃腸系の専門病院を運営していた竹馬浩先生だけが、「先生のご専門ならまだ聞いたことがないし、一歩踏み出してもいいのではないですか。」と肯定的な返事をしてくれた。それほど当時の病院経営者の状況は厳しかったようである。私自身は逆にこれほど皆が総すくみの時であればむしろチャンスかもしれないと手前勝手に考え、予定通り6億5千万円の融資を受け、東広島市のはずれの国道沿いの1500坪の土地を借り、全国初の内科系リウマチ膠原病専門病院を建設した。1994年8月、56歳の遅い開業であった。

東広島記念病院　リウマチ・膠原病センターを開院

開院日、待合室は朝早くから紺の背広にネクタイ姿の銀行員、製薬会社のMR、検査、医療機器、建築、その他もろもろの出入り業者が待合室の後方をぎっしりと埋めていた。９時過ぎには40〜50人はいる待合室は患者さん並びにその家族でほぼ満席となり、私は胸をなでおろすと同時に、後ろに居並ぶ背広組も安心したのかいつの間にかいなくなっていた。先輩から初日が大切だと言われていたが、最高のスタートをきらせてもらった。

開業後の病院はまさに私が予想した以上の順風満帆であった。多くの患者が広島県全域はもとより、山口県、岡山県をはじめ、近隣県より多数来院し、待合室は常に満席で２〜３時間待ちは当たり前であった。しかし、誰ひとり文句を言う患者さんはいなかった。病室も40床が１００％稼働し、10名以上の入院予約待ちを抱えていた。

開業間もなくこんなこともあった。今だから言えることであるが重度の強皮症患者さんが４階の屋上出口付近で自殺をしていた。大騒ぎとなり、私は一通りの対応を済ませ現場に戻ると、そのあたりにいた多くの入院患者さんが「このことはなかったことにしましょうね。」と私に声をかけてくれた。こんな立派な病院を山名先生が私たちのために建ててくれたのだから、ここで躓かせてはいけないという患者さんたちの配慮だったのだろうか、大変ありがたく感じたことである。

国道の表通りに面した位置に広い駐車場を持ち、リウマチ膠原病専門病院とうたって病院を開業したのは全国でも私が最初であろう。リウマチは不治の病として社会全般が認識し、疾患に対する偏見が存在していた時代であった。私自身の名前は患者間には広く知られていたし、他の2人のドクター青井克行先生と山口真弘先生3人で午前中の外来患者を終えるのに15〜16時頃までかかっていた。昼食は診察の合間にパンをかじりながら頑張った。患者さんが長く待ち、おなかがすくので家内が近くのスーパーへ車を飛ばし、パンと飲み物を買い求め患者さんに配りつつ診療を続けた。その状態が3年くらいは続いたと思う。誰ひとり不平をいう者はいなかった。

これだけ多くの患者さんが来られると、その年の暮れに単年度赤字を出しただけで翌年から黒字化し、私は東広島市の長者番付の上位にランクされるまでになった。開業する前にある先生から、病院の屋上に自殺台を置いた方がいいですよと言われ、本当に屋上に積み上げていたブロックを夜こっそり外したのも今となっては懐かしい思い出である。

事業は人だを実感する

病院を開院するといっても、患者さんが来ない段階で常勤医3名を決め、40床のベッドに対し必要な看護師数を決め、配置し給料も払いつづけねばならない。外来看護師も同様である。検査技師も、レントゲン技師も全て必要人数を配置して、初めて保健所は開院OKを出してくれる。大学時代から私の共同研究者であった青井克行先生と香川大の高原二郎教授が心配してくれ医者はそろった。同じころ、中央病院の臨床工学士廣川耕三君、看護師の久典子君の両名が陰ながらいろいろと私の仕事を助けてくれた。レ線の清水孝彦君とは福山で2回会って何とか口説き落とした。レ線の大山口玲子君、検査技師の近広典枝君、少し遅れて現事務局長の古田謙太君も開院に向けて頑張ってくれた。

開院許可をもらうまでのもろもろの手続きは、西条中央病院で外来の合間に私一人で電話で県庁と渡り合い作業を進め、木曜日の午後出かけては面談することで大方の事は終えていた。病院創りの最後の段階では、事務量も増え、それを皆が助けてくれたわけである。私は一人開業からのスタートではなく、当初から病院体制でのスタートであったので予想外の事態にも直面したが全て正面突破で切り開いた。事を起こし、その事進めるにあたって全て人の力である。親身になって助けてくれる人がいれば、その事業は大方上手くいくし、その逆もまた真である。現在職員はピンからキリまでいるが、皆それぞれの立場で頑張ってくれている。一人は一人、二人は三人、三人は五人の力を発揮するのが人の組織であることも知った。ピンばかりではダメ、キリばかりでも駄目なのが職場である。

広島県にリウマチ学を移植する

広島リウマチ研究会、広島膠原病研究会の立ち上げ

広島に来て救急医療にも慣れ、院長職もこなせるようになると大学時代の虫が動き出すのは仕方のないことである。広島県は私にとって全く地縁・血縁の無いところであったが、広大第二内科助教授の山木戸道郎先生とは以前から学会で接点があった。西条に私が来ることを知ると大変驚かれ、何故先生がと怪訝な顔をされ、いろいろたずねられた。山木戸先生は当時、呼吸器科の助教授という立場で、喘息に関わっており、リウマチ・膠原病にはほとんど無縁であったようである。以来時々、広島市内で食事などする機会があり、広島に免疫学を根付かせようという話は二人の間で自然と生まれた。

広島着任後、2年余りで私が主導する形で山木戸道郎助教授、整形外科の安達助教

広島リウマチ研究会、広島膠原病研究会は各50回を過ぎ、その間広島におけるリウマチ、膠原病学の道場としての役割をはたしている。

授の３名で話を進め、広島リウマチ研究会を昭和55年大々的に立ち上げた。岡大から大藤眞教授、慶応大から本間光夫教授をお呼びしてＡＮＡクラウンプラザホテル広島で開催したが、なんと４００名を超える出席者があり一同大いに驚いたものである。第二内科からは山木戸助教授の部下の石岡伸一先生も加わり、お互いの意見交換の場として勉強会をスタートさせた。当初は頻回に会合を重ね、翌年には膠原病研究会も立ち上がり、広島における免疫学即ち、リウマチ・膠原病学を語る場ができた。以来、この両研究会を広島におけるリウマチ・膠原病学の道場と位置付けて高みを求め、活動を続けている。全国からその道の第一人者にご来広をお願いし、底上げを図った。

研究会で私が常に言い続けたことは、発表６分、質疑６分で質疑を大切にしてほしいということであった。講師には遠慮せず歯に衣着せず、納得いくまで質問しましょうということである。そのため、広島の研究会は厳しいとの噂が全国的に広がり、来広する講師は皆さん緊張感を持って講演してくれるという好循環が生まれた。

一方、両研究会を通して製薬メーカーの薬剤販売戦略をまざまざと見せつけられた。リウマチの治療薬、生物学的製剤（Ｂｉｏ）を各社が出し始めると、プログラム作成のお手伝いと称し、知らぬ間にプログラム作成の主導権を握り、気が付けば演題はＢｉｏ一色となっていた。Ｂｉｏ関連のデータ以外は発表できない雰囲気が知らぬ間につくられていったのである。研究会全体がメーカー主導に陥りかねない危機感を覚え、私は踏ん張り何とか一線を画す努力を続けてきた。

中央から来られる先生方はオピニオンリーダーとして最先端の考えを披露されるのは当然であるが、それ一色となるといろいろと問題が生じてくる。例えば患者の経済的問題でＢｉｏが使えない患者に対してどう対応するかという問題などである。私共は決して患者目線を忘れてはならないのである。私は地方在住の医者として従前の安価な医療でいかにＢｉｏに劣らない治療効果を出し続けるかという努力をすることは医師の務めであり、良心であると考えている。人間はお金に関わるサポートを受けるとその金主にモノが言えなくなるということを、学会活動を通して教えられてきた。研究会はそうあってはならないのである。

リウマチは治る─関節リウマチ治療のパラダイムシフト

リウマチは治る病気になったと言われて20年近くなる。2000年前後から使われ出した分子標的薬─生物学的製剤（Bio）の出現によるリウマチ治療のパラダイムシフトと呼ばれた現象がそれである。従前の細胞全体に作用する薬剤から、関節リウマチの発症に関わる細胞表面の特定分子に作用する薬剤の出現で間違いなくリウマチの治療成績は改善した。患者はリウマチという病を恐れなくなった。人類の歴史的快挙である。リウマチ関連医学界はBio、Bio

2000年当初、私は日本における生物学的製剤（Bio）を用いてRA治療をリードしていた。当時のアメリカリウマチ協会（ACR）の会長、ウィーバー教授が来広された際のツーショット写真。

の合掌の元、いっせいにＢｉｏに走った。当初は私もその一人であった。今卒業してくる医師はＢｉｏ世代である。教える教官もそうだからＢｉｏのことしか知らない。患者が来ると当然のように第一選択肢としてＢｉｏを選ぶ。しかしＢｉｏにも弱点がある。高価である上に確実に効果がある人は５割に満たない。全ての患者に使える値段ではない。全世界的に見ると先進国で２〜３割、途上国で１〜２割の患者への利用が限度であろう。残りの患者は使いたくても使えない。

分子標的薬：生物学的製剤の一つ。病気の細胞（がん細胞など）の表面にあるたんぱく質や遺伝子をターゲットとして効率良く攻撃する薬。高い確率で奏効するが腫瘍の一部は消滅せず残り薬剤耐性を持つこともある。

Ｂｉｏ ｆｒｅｅでＢｉｏに匹敵する治療効果を求めてわたしは孤軍奮闘している。目下の成績はＢｉｏの効果と変わらないし、副作用も軽微であり、回避可能である。いやむしろ有効率から見ると優れている。医療費はＢｉｏに比べて激安である。関節リウマチはストレス病の代表であることに変わりはなく関節変形が最大のストレスであり、経済的負担もそれに勝るとも劣らないストレスである。ストレスを除き、安価でかつ効果的なＢｉｏ ｆｒｅｅのＭＴＸ（メソトレキセート）を中心とした治療法はＢｉｏに匹敵する治療法であり、これらの試みを通してデータを蓄積する事で将来必ずや多くの患者に福音をもたらすと信じ私は毎日の診療を続けている。リウマチはストレス病で、患者自身がストレスフリーの状態となっており、自ら治す力を持っている。これらをベースにして従前の薬で十分治療できますと話しても、理解してもらえないことが多い。悲しいことである。世界の70億人の0・5％の内60～70％の患者は経済的理由からＢｉｏの恩恵の外にいるのである。即ちメーカー主導で安価な治療法を消去してしまってはならないのである。しかし、私はＢｉｏの優れた抗リウマチ効果をいささかも否定するものではないことも改めて強調しておく。

事業活動はあざなえる縄の如し

開業して、4～5年過ぎたころ当時使っていたＭＴＸというリウマチの特効薬の効果が予想以上に良くなってきた。投与量を増やし、我々がその薬剤をうまく使いこなせるようになったが故である。加えて1998年頃、たまたま目にした英文ジャーナルにＴＮＦα抗体がアメリカのＦＤＡ（食品医薬品局）を通過し、患者に使用できるようになったという記事を目にした。その効果は劇的で、患者のリウマチ状態はかつて経験したことのないほど改善し、かつ骨破壊を防止するどころか修復までするとの記事であった。治験段階で、学会、医学ジャーナルには関連情報が流されず、我々はその存在を知らなかったわけである。まさに青天の霹靂であった。それを契機に関連情報が次々と報告されるようになり、MTXの効果は良くなる上に、関節リウマチ治療にパラダイムシフト（革命的変革）が起こり、関節リウマチが治癒するとの情報が一気に噴出してきた。２０００年前後のことである。

患者さんにとっては大変な朗報である。しかし、10人近くいた入院予約待機者はそれを契機に減り続けたが、借入金は大部分残っていた。私自身深刻な危機感を覚えた。2～3年は猶予がある、病院が元気なうちに何か新しい事業をはじめねばならないと考え、日夜思いを巡らせる日々が続いた。

遡ること2～3年前のある日の午前中、病室の詰所の窓から外を眺めていると3台の大型バスが列をなして西条インターより、市内に入ってきているのを目撃した。観光バスではない。看護師を呼んで、あのバスはなんだと聞くと、「広島市内の健診会社のバスです。よくこの前を通ります。」という。この時はああそうかという思いで聞き流していた。病院があまりに忙しく他のことに気を回すゆとりもなかった。またその必要もなかった故である。

パラダイムシフト：その時代や分野において当然のことと考えられていた認識や思想、社会全体の価値観などが根底から変化すること。

運命を分けた一夜―健診センターの設立

外来には相変わらず多くの患者が押し寄せていた。病室も90％体制を維持していた。私は相変わらず東広島市の長者番付の上位常連であった。何か手を打たねばならない。頭に浮かんだことは、病院から渡り廊下でつないだ場所に7階建ての鉛筆ビルを建て、関節手術をしようということであった。7階を医局、5〜6階を手術室、4階をリハビリ室、3階はレントゲンを中心とした検査室、2階は患者食堂を計画した。地元には県下最大の整形外科病院、県立障害者リハビリテーションセンターがあったが意に介さなかった。当時、関節の手術対象は大変な数であったということが背景にあった。

建物の基礎ができ、基礎配管が埋められた頃、県立障害者リハビリテーションセンターの水関隆也先生から、大学の若いドクターと今夜飲み会があるので先生出席しませんかとのお誘いを受けた。その席で、私は若いドクターとのつながりを持つと同時に、彼らの考え方を聞ける絶好のチャンスだと考えた。若いドクター連中は酒の席で、私は将来膝を専門にやりたい、私は肩、私は股関節と言ってはばからない。私共の世代のドクターは一人で3カ所も4カ所も手術をするのは当たり前であった。しかしこれからの時代は違うという。これでは麻酔医を含めて常時4〜5人のドクターを雇用せねば駄目だと感じた。広大からそれだけのドクターの派遣は考えられない時代であったし、今日のような派遣会社も存在しなかった。

その夜帰って、一睡もせずに考え抜いた。結論は〝関節手術に手を出すのは危険だ、やめろ〟ということであった。翌日、現場責任者の青木所長に事情を話し、この建物は手術棟にはしない、健診センターに切り替えると伝えた。2階は患者食堂、3階は健診検査フロアーと診察室、4階は健診事務室、5階は医局と婦人科診察室、6階は予備室、7階は健診受診者食堂と具体的に図面を書いて渡し、工事をそれに合わせるよう指示をした。

当時は新しい事業を始めるとき、10人が10人老人医療に向かっていた。しかし私は、西条中央病院時代の経験から、老人医療は除外項目で眼中になかった。健診に関しては、バスの車列を見て以来、いろいろと考えてはいたが具体的な案は当時何一つ持っていなかった。私は決断が速い。即やるのが私のやり方である。それも日頃いろいろな可能性を考えていたからこそ出来ることであった。青木所長はびっくりしていたが、的確に迅速に対応してくれた。結果的に私のこの夜の判断は大正解となった。私と病院の運命を分けた一夜と言っていい。この夜私が考えたことは、建物は立ち上がっている、手術棟で失敗して大金が毎年流出するより最悪空にしておいてもいい、健診はじっくり腰を据えて考えればいいというものであった。事業活動というものは最悪の事態を予測して、本体がしっかりしているうちに早く手当てしたものが生き残るということである。

健診業務へゼロからのスタート

健診センターへの構造変更を指示し終わるとすぐ、営業の職員募集に取り掛かった。開業して5年目、1999年のことであった。募集して1~2週のうちに2名が訪れた。男性1名、女性1名であった。相前後して、荒巻和則という近くで遊技業を広く営む会社の社長の懐刀といわれた男がひょっこり訪ねてきて営業に入りたいという。初対面ではあったが私は会って、「何かあったな」と感じたと同時に、この男はいけると直感し即採用した。

私が3名の営業に命じたことは会社を訪問して、健診の実態と会社の考えを聞いて来いということであった。なんでもいいから健診関係の情報を少しでも多く集めたかった。私の考えは、建物の完成までにはあと半年はかかる、その間に情報をもとに体制を整えようというものであった。

私の仕事の進め方は独特のものがある。ある目的を定めると自分で徹底的に考え、問題点を書き出し、この項目はプラス何点、あの項目はマイナス何点と点数化してその判断を予測するやり方である。７割以上がプラスであればゴーサインである。すべてが自前の価値判断であったが、いろいろな可能性を考えるうえで、役に立つと考えている。

通常は新しい組織を立ち上げるにはどこかのエキスパートを引き抜いて、それに任せるのが一番の近道であり、簡単である。私はあえてそれをしない。情報をもとに自分で考え、自分なりの姿をつくっていくところに妙味があると考えている。既存組織で育った人間の指導の下では既存の組織を越えることはできないとの思いもある。情報収集はそのための第一歩である。そこから現体制を越えるには、現体制と対抗するには何が必要かということが引き出せるのである。人と同じことをしていては先がない。また、自分で考えての結果なら自分を納得させられるとの思いがある。当時医療をやっている者にとって健診程度なんだという考えもあった。

治験に救われる

健診体制をスタートさせた１９９９年ごろはまだ病院に勢いがあり、当分の間は少々の負担には耐えられると踏んだ。しかし、生物学的製剤が広く使われるようになった状況下では急激な変化が起こると予測され、２～３年先を読んで見通しを立てねばならない。

ここでも私の運の強さが示された。2001年に中外製薬の方から思いがけない話が持ち込まれた。中外製薬が開発した分子標的薬—生物学的製剤（Bio）、現在の商品名アクテムラ（MRA）の治験を東広島記念病院でしてもらえないかとの話が持ち込まれたのである。内容を聞くと当院では簡単なことだし、かなりの収入になるという。薬は開発して世に出すまで、特定の病院で厳格な管理下で患者さんに対し試験的使用をせねばならない。これを治験という。製薬メーカーはその間治験を担当してくれる医療機関に対し報酬を一例いくらという形で支払うわけである。

アクテムラは阪大の岸本忠三教授のグループが開発したIL-6に対するレセプター抗

東広島記念病院　リウマチ・膠原病センター（左）
広島生活習慣病・がん健診センター（右）

体である。先に発売されたレミケードと同類の生物学的製剤（Ｂｉｏ）である。私はその開発の経緯はいささか知っていたので申し出をＯＫし、我が国初のＢｉｏ16例の治験を開始した。その効果は劇的で、寝たきりの患者は１～２週の内に全身状態が著しく改善し、ベッドから降り、最初は伝い歩き、次いで独歩へと急速に改善した。リウマチ治療のパラダイムシフトと呼ばれた生物学的製剤の効果をわが国で初めて２００１年に体験し、この目で見たわけである。さらに16例追加しその効果は確定的となった。その後次々と症例を増やしていった。阪大は薬剤開発能力はあっても、均一な条件を備えた多数の患者さんを用意できず、私共に依頼が来たわけである。大学病院その他大手病院も似たようなもので、患者数に乏しいうえ、毎回診察医を変えるようでは治験は出来ないわけである。

治験は病院にとって元手がいらず厳格なデータを提供することで相当額の治験料が支払われる貴重な財源となった。健診センター建設にかかっていた負担がこの治験によって救われたわけである。当院における中外製薬の治験成功を知り、アメリカのファイザー社よりエンブレル、ブリストルマイヤーズスクイブ社よりアバタセプトの治験と次々と治験の話が舞い込んだ。ＭＴＸの効果に加え、Ｂｉｏの効果が相乗され、患者の治療環境は劇的に変わった。このような治験はメーカーとの細やかな対応、患者への説明等が要求される。久師長を始め、担当者が見事に乗り切ってくれた。

関節リウマチは怖くない、初期でも進行していても治癒状態に導入できる時代の到来であった。その後は患者の間に急速にそれらの認識が広まり、患者にとって最大のストレッサーであった手足の変形という恐怖が患者の間から拭われていった。即ち、ストレスレス状態で患者自らが病気を軽くし治癒へと導くパターンへと変わっていった大きな転換点であった。有史以来、関節リウマチはストレス病の代表であり、そのことは今も変わっていない。現在は治療コストが新たな問題＝ストレッサーとなっている。最近はバイオシミラーが出現し既存薬の6～7割の値段まで下がってきた。今後が楽しみであるが薬剤費はそれでも患者にとって大きな問題である。手の指が曲がった患者でも、完全寛解状態が続いていると自分がリウマチであるとの認識すら希薄となり、リウマチを悪化させるトリガー（ストレス）が働かない状態になっているのである。即ち恐怖心が消えているのである。

レミケード：TNFαという炎症反応に関与する生体内物質の働きを抗体で抑える薬剤。もともと身体には存在するが関節リウマチでは異常に増えて関節病変を起こす。

健診に本腰――人の行く裏に道あり華の山

広島県の健診は4～5社のすみわけによって、全県下がカバーされていた。営業の3人を歩かせるうち最初は方向感がなかった彼らから耳寄りな情報が寄せられるようになった。

1、広島県の健診は4大業者で住み分けとマッピングが出来上がっている。

2、これらの4社は半官半民的体質でむしろ官の体質が強い。

3、健診を行う会社に対し、何月、何日の何時にそちらに行きますから準備して待っているようにとの指示が入る。

4、会社は役所的態度に閉口している。忙しくても仕事を止めて待機しなければならない。

私はこれらの話を聞いた時、完全にカバーされた広島県でも新参者も十分に入り込める世界があると直感した。民間の発想でA社に対し、「いつお伺いいたしましょうかご都合をお聞かせください、従来よりも少し安い値段で可能です」と言えば参入するのに何のことはないと考えた。

建物もでき、スタッフもほぼ集まり、健診機器も揃え毎日予行演習を繰り返す日々が続いた。その頃には荒巻部長が頭角を現し他の2人の営業はいつのまにかいなくなり、新しく雇用した新戦力が徐々に力を付けてきていた。

健診を始めて、実際の現場はそんなに易しいものではないことは徐々にわかってきた。医療の延長線上ではない。全く新しい世界であった。既存組織の資料を集め、やり方を探り、自前のアイデアを加えながらの試行錯誤で一歩一歩体制を整えていった。既存の4つの健診会社の厳しいガードにあい、安値で他社より良い仕事をしてお返しするやり方も、思うようには伸びなかった。しかし、ねばり強いがんばりとサービス精神で成績は徐々に伸び5～6年経ってようやく黒字化が見えてきた。このあと、健診の世界が大幅に変わることとなる。

私は強運の星の元に生まれた

健診を始めて4～5年した頃、政府は各企業に健診を義務付けたのである。政府が動いたのは医療費抑制のためであった。企業は健診を自ら積極的にするところはなく、やる意思のあったところは半官の既存健診センターの網から逃れられない状況にあった。それが全ての事業所に健診が義務付けられたのである。営業は随分楽になっていった。私共の組織は営業が命であったので、大きく息を吹き返した。既存の健診センターは営業とは名ばかりで、指示を与える打合せ組織にすぎなかった。この辺りから私共の組織は急速に伸びた。

　私はいろいろな局面で運の強さに助けられた。その運は80歳の今も続いている。運には3種類ある。1．棚からボタ餅。2．これはチャンスだと感じ素早く掴む前髪の運、3．種をまき続け芽を出し収穫できるものから順次刈り取っていく運である。政府の動きはまさに棚ボタであった。私の運の強さを示す2～3例を挙げておこう。
　イ　株をやっていたもので1990年正月明けに弾けた未曾有のバブルを逃れた1人である。今日私が健在なのはこの難を逃れたからでもある。人生の浮沈などどこにでもある。ロ　1980年代バブル期は金利が7％～11％

広島生活習慣病・がん健診センターの健診バスは30台を超えている。

と高く10％の利益を上げても企業決算は赤字となった。黒字倒産が多発した時期である。バブル崩壊後の金利は４％台に下がり以来下降の一途で今では10年固定で０・５～１・５％である。ハ　無担保で病院建設代金の低利融資が可能となったのもバブル崩壊のおかげ。ニ　降ってわいた治験という業務で健診体制の基礎を固めることができた。ホ　20年前から始めた造園の過程で庭石の値段はバブル崩壊のあおりで急落し各地に使われず持たれていた銘石が吸い寄せられるが如く仙石庭園に集まってきた。銘木も同様であった。細かいことを挙げるときりがない。とにかく私の運は強いのである。

しかし健診業界で新参者が入り込むには障壁は依然高かった。新しく獲得した職場の入札値は２分の１～３分の１に下げられていて数年間は赤字覚悟で仕事をしなければならない状況が何年も続いた。しかしこれら厳しい条件下にもかかわらず健診のスタッフは頑張り、翌年、翌々年へと健診値段を旧に復す努力をして黒字へ転換していった。その間私は一言も文句を言わず全面的に金銭面のサポートを続けた。病院が依然力を持ち、十分機能していたことに加え、治験で思わぬ収入が病院にもたらされていたためであった。バスも新車は高価で、中古車を探しては仕事用としていた。私自身九州の製造元へ出向き新車を発注する頃には諸々の問題をクリアする中で健診事業も着実に力を付けていった。

事業拡大路線へ舵を切る

東広島記念病院リウマチ・膠原病センターは病室こそ空きが出始めたが、外来は相変わらずの盛況で安泰であった。加えて、1999年開業した健診センターが2005年頃より軌道に乗り、着実な歩みを始めた。名称も広島生活習慣病・がん健診センターと〝がん〟という言葉を加え、スタッフ、職員も業務に慣れ、明るい見通しが立ち始めた。

2008年には私の気持ちにゆとりができ、加えて病院外来は広島市内からの通院患者が50%に迫る状態となっていた。1～2か月に1度広島からこんなにたくさんの患者さんが列車で西条まで来られている。私共が市内にリウマチ膠原病のサテライトクリニックを出して、患者さんの負担を少しでも軽くしてあげるという発想に至ったのはごく自然の成り行きであった。広島市内で人が集まりやすく、西条からの通勤に便利な場所として銀山町、幟町電停の道路沿いの物件を物色した結果、安い賃料でいい物件が見つかった。それは昔懐かしい薬研堀の出口に面していた。サテライトを出すことは全く問題がなかった。患者さんを新たに集める必要もなく、ドクターの手配だけであった。東広島の田舎者が広島随一の繁華街に打って出たのである。

2年余りして、通り一つ隔てて、広島市内で誰一人知らない者はいない有名なマツダビルの4階全フロアーが空いているとの情報を得た。２０１０年頃は東広島の健診センターも手狭で増築を考えていたころであった。よし、広島の中心で健診部門も勝負しようと決め、約1年の準備期間を取って図面を練り、動線を考え、おそらく当時我が国でもっともハイレベルの健診センターを立ち上げた。備前焼作家の隠崎隆一氏にお願いして、最奥には大型オブジェを配し、イスは名古屋の有名メーカーに出向き、直接品定めをする熱の入れようであった。おかげで出来上がった時には、医療施設兼美術館の様相を呈していた。もちろん肝心の医療機器も当時の最先端のものを導入した。地下室もあり、改造してＭＲＩも設置した。ＭＲＩの利用を求めて、広島で有名な整形外科医として知られていた平松伸夫先生が入居してくれ、私も喜び、マツダビルのオーナーも大いに喜んでくれ、これを契機にマツダビルを本格的な医療ビルへと切り替える気持ちになったようである。

健診センターは地の利を得、営業ががんばり、幹事長として加藤美鶴看護師長を据え、初年度から順調な伸びを見せた。ドクターの問題には相変わらず大変情けない思いも引きずったが、ドクターのわがままは今に始まったことでもなく、次々と新しいドクターを採用することで乗り切った。今は派遣会社が多数あり、あらゆる職種に対応できている。2016年には私の息子で2代目理事長が5階フロアー全体を追加で賃借し、リウマチ膠原病センターもそこへ移した。残りの部分は協会けんぽ、定期健診を中心としたスペースとし、徐々にではあるが実績は伸びている。

マツダビルに健診施設をオープンし、落ち着きが見え始めた2012年頃、東広島の某整形外科が突然売りに出された。私のところに話が来る前に3～4か所の医療施設を回ったそうだが皆断られていた。私はそこの院長が偶然であるが、私の大学時代の親友の息子であると知り、話を聞きM&Aに応じた。経営に参画してみると、スタッフをはじめ職員は良く仕事をし、今までのやり方を踏襲することを基本に今日まで順調に経過している。

この後、宮島の対岸の大型物件を2014年買収。健診センターとして立ち上げるなど2008年よりほとんど毎年1件のペースで新規物件を立ち上げた。各物件はそれぞれ順調に運営され、医療法人社団ヤマナ会は組織としてどんどん多様化し、規模も拡大していった。個々の組織はしっかり運営されており、筋肉質な組織として成長してきていると感じている。そこには私の敷いた路線で、2015年に行った息子への代表権の移譲も何とか成し遂げたことがあった。健診センターも3カ所の事業所が一体化し、病院グループ共々2本柱としてうまくかみ合い、ヤマナ会の新しい伝統が築かれている。

仕事には遊び心も必要

世界遺産宮島の対岸に中国電力所有の土地と迎賓館を2014年購入した。私は仕事も道楽の延長線上で考える傾向があるが、仕事であるからには絶対成功させねばならない、赤字にしてはならない。

ある日仙石庭園に関わっていた石業者藤井弘君が「先生ご注進」と言って駆け込んできた。宮島の対岸で中国電力が迎賓館として使っていた建物と庭が壊されようとしている。

広島県西部の広島生活習慣病がん健康センター大野、正面奥は宮島である。
中国電力の元迎賓館で全国一の立派な環境で検診を行っている
この時約8000坪の土地と宮殿のような建物を取得した。

現在の所有者である不動産屋は売っても良いと言っているという。建物もさることながらこの庭は私らが丹精込めて作った日本でも数少ない海面連動式の池のある庭で、野呂石を大量に使った立派なものですという。私は「すぐ行く」と言って現地で待ち合わせた。現地に行ってみると、入り口から建物まで約１００m近いプロムナードがあり正面には９階建ての美しく立派な建物がある。裏に回ると約１５００坪はある池を中心に抱く優美な庭があり、大変良くレイアウトされていた。庭は和風庭園で松、ウバメガシを中心とした木々は生き生きとしていた。建物に入ると５～６年間人が住んでいなかったとは思えないほど清潔で豪華な建物であった。トイレ、水系統は壊れていて手を入れる必要があった。他の家具調度品は厳島離宮と呼ばれるにふさわしい宮殿仕立ての立派なものばかりであった。

ここを健診センターとして収益を上げられる施設に利用出来るかどうかの視点でさりげなく見て回り、帰るころにはこれは何としても手に入れてやろうと心に誓った。私がこれからどんなに努力をしてもこれだけの場所、建物は手にすることは出来ないと感じたからである。

帰る道すがら考えたことは、そろそろ次世代に医療法人を継承させねばならない。病院も健診も元気だ。この際大型借り入れをして次年度赤字にして株価を安くすることで次代に渡すには絶好の物件だと思った。

広島県の西部に健診センターを起ち上げたいとの思いも持ち続けていた。ここならそれが可能になると考え、京大卒で元長銀出身の辣腕不動産屋と何度も折衝を続けた。先方は売りたい、当方は買いたいで話は合意した。トイレ、空調、水道系を使えるよう売主に補修してもらい、土地と建物を取得した。高い買い物は承知の上であった。根底には相続の問題もあり、借金は時間をかけてゆっくり返せばいい、国に税金を払うか銀行に返済するかの問題で私は意に介さなかった。業者は大儲けで大喜びし、私も夢をもらい夢がかなって大いに喜んだ。同時に来年度赤字にすることで何とか2代目への相続も可能となった。1500坪の庭をどうするか、建物内部の改装、整備をどうするか、その日から私の楽しい日々は始まった。すなわち事業をかねた遊びの始まりである。

宮島の大神はこわい

大野で健診を始めるために準備していた頃、こんな噂が私の耳にも入ってきた。宮島の大神は怖い。宮島口より以東の宮島に面した地で事業をするとき、何か災いが降りかかるというものらしかった。私は一笑に伏したものの、気持ちの良いものではなかった。事実、宮島口以東は大きな事業所は見当たらず、銀行の抵当物件が目に付いた。建物内の正面に飾った竜虎の屏風は宮島からは見えないように配慮した。私の事業哲学は自分で考え、お客様のニーズを汲み、時代背景を読み、サービス精神で粘り強く成功するまでやるというものである。もちろん、そのベースにはこれらを支える母体がしっかりしているという大前提が必要である。高いお金を払って購入したからには何としてもここで事業を成功させなければならない。時間をかけゆっくり借金を払いつつ、収益を上げられるにはどうすればいいか、私の頭の中ではそれなりの勝算があるからこその第一歩であった。

病院の仕事の合間に、2日をおかずして西条から廿日市市まで約40分余り車を飛ばす日々が始まった。楽しい場所に行くので何の苦もなかった。まず建物の構造をしっかり知ること。健診センターとしてお客様が入ってこられて、着替えて、問診に行き、そこから分かれる。建物は最高級の宮殿造りであり、出来る限り現状のままで使いたい。あるがままに使ってどのように動線を取っていくか、いろいろと思案に明け暮れた。大天井の大会議室をレントゲン室と検査室と待合室に改造せねばならない。少し手狭である。考えた末、廊下側の壁面をやむなく撤去して2m南側に出すことでスペースを確保した。立派な天井に触れることなく可能と判断した。MRIも入れねばならない。正面外壁を崩して搬入したあと、壁を作り直すことで収まると考えた。その他もろもろ業者と話し合いつつ1年余りかけて5階までの改装を終え、健診が出来る体制を作り上げた。その間私は現場監督のようなもので、業者との折衝全てを行った。理事長兼医師として仕事を続けながらの作業であった。

建物は中電の迎賓館であった。アジア大会が広島で行われた際、中東、東南アジアの王侯貴族の宿泊施設がない、彼らは全てイスラム教であり、食事にも特別の施設を必要とした。それに対応して建築された特別の建物であった。中電の建物であり全て電気で賄われていた。MRIをはじめとする設備投資、職員の給料、等々で最終的には大きなお金の全額を借り入れで行った。この低金利時代、時間をかければ返せると計算していた。そのためにはセンター内の通常健診だけではだめ、バス健診を加える必要があると考え、2台の健診バスを購入し、側面に宮島の鳥居と岩国の錦帯橋をあしらった。この辺りを商圏とするとの想いからである。

営業の者は良い顔をしなかった。人一人建物の前を歩いて通らない、しかも国道から一本中に入ったこんな辺鄙なところに人間を対象とする健診センターなんてと懐疑的であった。しかし私の思いは別のところにあった。その思いとは

1、この建物は廿日市市全域の人々にとってミステリーゾーンで、中電時代も社長以

下幹部10名程度しか出入りを許されない建物で、中電の職員を含め中を見たくてうずうずしている人々がたくさんいる。

2、宮島花火は広島県下最大で、それを健診センターで人間ドックを受ければ建物の中からゆっくり見せましょうと大々的に宣伝する。

3、西広島から山口県東部にかけてまともな健診施設がない。

4、廿日市市、大竹市の住民健診はすでにヤマナ会が行なっており、ある程度の知名度はあった。

5、健診センターから見えるものは世界遺産宮島の全景である。裏には1500坪の名庭がある。

これらだけでも勝算は十分にあると踏んだ。人的布陣は特に大切で、私と共に退職した大ベテラン荒巻和則、廣川耕三に加え、健診センターのトップにはベテランレントゲン技師長大山口玲子、事務の要に斎藤充弘を配した。盤石の布陣である。

開院すると予想した通り次々とお客様が来院され、初年度は広島市内随一の繁華街幟町に開院した健診センターを凌駕するお客様が来院した。2年目、3年目と増え続け4年目を迎える今年か来年で黒字体制に移行すると見込んでいる。花火大会などは毎年300人余り招待しているが、今年は競争率が10倍近くなっている。

事業というものは時には大胆さが必要である。母体がしっかりしていれば母体に負担をかけつつお客満足度を追求し、3~5年先には利益を上げられる体制を作り、母体に還元する。その繰り返しをしてヤマナ会は今日まで急成長してきた。成長する事業所はお金を銀行に、国に税としてしっかり払うことを厭わない。この間の私の気持ちは厳しい事業家であると同時にこの素晴らしい環境をいかに生かし、地元の人たちに喜んでもらうかという奉仕の気持を持って事に臨んでいた。

健診業務の大切さを知る

国立がん研究センターが毎年発表するがん全体の5年生存率は2018年度65・8%、3年生存率は約71%であった。膵臓がんなど生存率の低いがんから、生存率の高い前立腺がん、乳がんなどを含めているので大雑把な数値であるが、着実に伸びていることは数値が示している。これら数値の改善には我々が行なっている健診業務が大きく貢献していることは疑う余地がない。健診で見つかる、すなわち自覚症の無い段階でのがん5年生存率は95%を超え、症状が出て病院で発見されるがん生存率を大きく上回っていることは周知の事実である。健診施設が早期に発見して病院に送るので病院全体の治療成績も大幅に改善されてきているのである。

治療法も標準治療で使う化学療法のような細胞全体に影響を与える薬剤から、ゲノム医療下でがんの性格を知り、それに合う分子標的療法、免疫療法と信頼できる治療法も次々と出てきている。加えて新しい早期診断技術も実用の段階に入ってきている。これらを駆使し1～2年に一度がん人間ドックを受ければ、がんは怖くない状況に入りつつある。

私は日頃、「健診は医療の前門で、この門をくぐらずして医療機関を受診すべきでない」と公言している。全ての人が健診データを持ち、いざ病気になったときそれらを携えて病院を受診すればより正確な診断、より早い治療に結びつくことは疑う余地がない。がん健診に限らず、定期健診、協会けんぽ程度の簡単なデータでも、いざ本番となれば大切なデータとなる事を認識することが大切である。

健診の将来の在り様を予測する

医業というものは急激な自然科学の進歩の前で翻弄される運命にある。関節リウマチに対する生物学的製剤の出現然り、健診業務においても人間ドックの将来の在り様が読めなくなりつつある。

(1) マイクロRNA解析で超早期がんを診断できるらしい

がん13種類を血液一滴で診断できる検査法が開発されたという記事が２０１７年春の某新聞に掲載された。臓器も特定できるということである。この検査法を開発したのは国立がん研究センターのグループである。現在使われている腫瘍マーカーの検査と比べ、発見の精度は比較にならないくらい高く、ステージ０〜Ⅰのごく早期で検出できるという。がんが血中に分泌するマイクロＲＮＡと呼ばれる物質は、それぞれのがんに２〜10種類の特有のマイクロＲＮＡがあるという。それらの分泌量の変化を調べることで、どの臓器にできたがんか高い確率で発見できるという。

マイクロＲＮＡ検査で見つかるがんはステージ０〜Ⅰで十分という。即ち、がんが姿をなしていない状況下ですでに可能であるという。健診業務が却って忙しくなるのではと考えられもする。臓器はわかっても臓器内の部位は従前のやり方で調べなければならない。画像診断で見つからない場合も当然あり得る。患者は見つけてくれる医療機関をワンダリングすることになるかもしれない。マイクロＲＮＡは、今後とも医療者、患者の間で大きな関心事となる。しかし、このマイクロＲＮＡの決定的な弱点は、その力価が病態の進行と並行しないことである。何を見ているのか疑問が残る。今後の課題である。

マイクロＲＮＡ：20〜25の塩基からなる微小ＲＮＡでがんや生活習慣病のマーカーに

なりうるとされている。

(2)〝がん〟か〝がんでない〟かはゲノム解析で分かるらしい

ゲノム医療の進歩も著しい。2018年夏、神戸の某所でクローズドのゲノムに関する講演会が開かれた。演者は中村祐輔先生（公益財団法人がん研究会がんプレシジョン医療研究センター所長）で、先生はアメリカでながらく仕事をされ、ゲノム解析の世界の第一人者の一人である。会場には若い40～50名のドクターが集まっており、80歳の私は肩身の狭い思いで、話を聞かせて頂いた。先生はゲノム研究がここまで来ているという内容の話をされる中で、アメリカではオバマ大統領が一般教書の中でゲノム研究はヘルスケアに革命を起こそうとしていると言及したことをご披露された。

近い将来、ゲノム解析が日常化し、ＡＩと合体する時期が来る。病気診断、投薬判断、副作用予見と防止、がん診断などが全てゲノムとの対話で決まってくると話された。日本で現在行われているがんの標準医療はナンセンスだということを強調された。ゲノムと対話できない医師は医師免許証を返上せねばならない時期が来るとも予告された。

ゲノム解析はこれからプリシジョン医療（精密医療）の中核となる。即ち、がんを見つけ、がんの性格を知る（ゲノム解析）↓治療薬を探す（ＡＩと合体）の流れとなる。ＡＩを通して患者に病気の説明をし、ＡＩと対話して話が通じなければ、また医師の話をＡＩが受け付けなければ医師免許証を返上せねばならない時代が来ると中村先生は予告された。

〝がん〟か〝がんでない〟かはゲノム解析で分かる時代になった。現在人間の全ゲノム解析は５〜10万円で可能である。10年前は３０００万円かかった。これから10年先には1万円になるだろう。生まれて来る子供の全ゲノムマップが残され、先で病気になった時全ゲノム解析を行い、ＡＩに読ませることでがんの有無はわかるという。しかし、がんの場合部位診断が必要となる。これら諸々の病気の有無、変化が私共の周辺で起きている。これらがテレビ、新聞などで大々的に報道されるだろう。対処が必要である。どう対処するか。今私の頭の中はこの問題でいっぱいである。

私は何か新しいことが医学雑誌、新聞、テレビに出ると、可能な限りその本人から直接話を聞くことにしている。そうすることで進捗状況や、細かい内容、言葉にできない微妙なニュアンスを知り得るからである。事業体を根本から変えねばならないか、私共にできることはより正確な情報を得て、次の一手は何かを考えることである。

ゲノム解析：ゲノムを構成するＤＮＡ分子の塩基配列をコンピュータで決めることか

ら始まる。生物の細胞から糖、タンパク質、脂質などを除去しゲノムＤＮＡを抽出して測定する。

事業活動の継承にはバランス感覚と奉仕の精神が大切

一度始めた事業は大時代的表現をすると創業者の汗と血が込められている。うまく回りだすとその継続、継承を望むものである。しかし、長い歴史はその難しさも教えている。歴史的には天変地異、政治、人心の動揺等予想を超える事態が起こり、その中を生き残ってきた企業が我が国には多く存在する。歴史が教える教訓は

①事業内容は一方に偏ってはならぬ。危機に見舞われたときそれが分かる。

②富が人に勝ればそこには必ず憎しみが生まれる。それには日頃の社会還元で答え続けねばならない。

③事業は社会に人に報いるを持って生かされることを事業者は知らねばならない。目に見える、形のある社会奉仕が求められる。

これらを守っても、社会から受け入れられても、技術革新、産業構造の変化、価値観の移り変わり等により責められ、生き残ることはたやすいことではない。最後はその時のトップの知恵と判断と実行力にかかっている。

造園家時代

現代の大名庭園の造営

　還暦を過ぎたころ、ゴルフ場に使う予定であった400トン余りの巨石を偶然入手する機会に恵まれた。それらは姿、形、表情どれをとってもほれぼれする石群で、それを契機に石のとりこになった。爾来20年これまでに述べた事業に注力する傍ら、仕事以外の時間は全て石を使った庭作りに割いてきたといってもいい。その行きついたところが、7000坪の江戸時代の外様大名が作庭した大名庭園にも匹敵する仙石庭園である。令和元年9月、隣地3000坪の工事に入った。10000坪の大庭園となる。

　そもそもこの自分史を書こうという気持ちになったのは、仙石庭園を完成させ、お客様から「ため息が出るような」「生きていてよかった」と非常に高い評価を頂くと同時に、我ながらよくもここまでやり、完成にこぎつけたと自らを褒め、この造園の過程は記録に残しておかねばならないとの思いからである。少し横道にそれるが、造園に至るまでの私の長い趣味人生があった。

私の趣味人生

(イ)ゴルフ人生

オーストラリアはまさにゴルフ天国であった。勤務する病院から私の家に帰るまでルートを変えると、3カ所のパブリックコースがあった。17時に仕事を終えるので時間はたっぷりあり、1時間ほど立ち寄ってプレーを楽しんだ。週末には日本の商社、メーカーの社員が集まる定例のゴルフ会があり、それらにも参加した。この事はすでに述べたので詳しくは触れないが、経済的にゆとりのなかった留学生活の中において、私にとっては多少のこづかいを稼げる絶好の機会でもあった。上達するにつれハンディが上がり、ニギリの条件も厳しくなり、それをクリアするため、練習に打ち込むという繰り返しであった。おかげで急速に腕を上げ、ハンディ36が1年半でハンディ11まで駆け上った。18ホールのプレーフィーがパブリックであればケント1箱42セント(1ドル400円)であった。

日本に帰ってからも、約20年ナイスショット、ナイスインと言いながら週末を過ごしてきた。50歳を前にして、さすがに何とかしなければと思い、きっぱりとゴルフをやめた。おかげで週末は自由に使える貴重な時間を持つことが出来、次なる趣味人生への展開も可能となった。今はゴルフはテレビで楽しむだけで十分である。

(ロ)備前焼で鑑識眼を養う

備前焼との関わりを話せば長い。私が小学生のころ父親は結構な趣味人で、いいセンスをしていた。それは父の残した小物を見ればわかる。その父が部屋で鉄瓶をかけた火鉢のほとりに座り、竹箸の先に日本手ぬぐいの切れ端を結わえて、茶渋に浸しては鉄瓶をぴたぴたと叩いていた。こうすると鉄瓶がさびず、風合いが出るという。傍らには茶色のあまり綺麗とはいえない備前焼の小さな茶碗があり、それに茶を淹れて「征三、飲んでみろ。うまいぞ」という。兄弟は6人いたが、皆その洗礼を受けて寄り付かなくなっていた。私だけは茶を飲んだらしい。あまり記憶もないが、周囲のものからそういわれた。父親は茶も一流のものしか嗜まず、それなりにうまかったのであろう。

こうして成人した私が27歳で給与を頂き始めて、最初に行った場所が岡山駅前の今はなくなったが備前陶芸館であった。そこで桟切の小壺をひとつ買い求めた。それを契機に陶芸館の主人と茶を飲みながら備前焼談義をするのが楽しみとなり、たびたび出入りしては買い求めていった。この辺りから私は多少変わり者だったのかもしれない。主人からは○○さんの新作が入った、レベルは高い、将来性はある云々と言われ、何故その評価かと雑談を重ねるうち備前焼を見る目も急速に伸び、今ではいっぱしの鑑定家レベルに達している。

私は備前焼は作家では買わず、作品で買った。ただ一人だけ例外の作家がいた。隠崎隆一氏の作品である。ある日、陶芸館に行くと店の主人が面白い作品があるという。隠崎さんの初窯の作品が10点余り展示されていた。一目見て、従前の備前焼作家の作品とは違う、何が違うのかまず造形が独特であった。焼き上がりの風合い、皿物の縁の仕上げ等々、従来見たことの無い作品であった。私はその日に3点を買い求めた。2窯目、3窯目と回を重ねるごとに造形は冴え、従前の備前焼に物足りなさを感じていた私は引き込まれていった。

彼の展覧会は作品を50点展示すると、買いたい人が150人訪れる。100人は作品が手に入らないという状況で、やむなくくじ引きにして50番目までに入れば1点入手できるという狭き門であった。焼物界で評価は上がり、聞くところによると全焼物を通して評論家のランキングはトップであるという。彼も備前の土が枯渇して、1000年の火が消えると深刻に悩み、今は備前の2番手の土で新作にチャレンジしている。その隠崎さんから自分の生涯で三指に入ると言われた扁壺を分けて頂いた。例によって皆さんにみて頂こうと健診センターに展示していたが、それがある時盗難に遭い消えた。未だ返ってきていない。せめて写真だけでも読者にお見せしたい。もし見つけた方はご一報下されば幸いである。

隠崎さんと同程度に印象に残っていた作家に正宗悟さんがいた。彼は隠崎さんが革新派とすると正統派の作家で、どこまでも古来の備前の形、風合いを重んじ、その中で従前と一線を画するための努力を続けられた作家であった。作品は一目見てこれは誰々さんの作品とわかることが重要で、その面では隠崎さんは一頭ぬきんでていた。正宗さんも私から見て、伝統的作風の中で光るものがあった。彼の作品は造形の確かさと重厚さ、焼き上がりの土味が優れており、一目で見分けがついた。彼は気に入らねば自分の作品を数多く壊し、良い物だけを世に出して

隠崎隆一氏の扁壺（右端）展示中盗難にあった。
どこかで目にされた方は御一報お願いしたい。左上には大型中国絵画。

いた。

私は美術品を見る目を備前焼で鍛えた。素焼きで鍛えた目は他のすべての美術品の鑑定に通用し、それ以降の趣味人生を豊かにしてくれた。

(ハ)中国絵画

1992年、神戸大学整形外科の廣畑教授を団長とする日本早期リウマチ診断研究会のメンバーが北京のリウマチ医と交流するため、3泊4日の日程で北京に滞在した。初日と2日目は真面目に意見交換、手術のデモ等を行い、3日目は終日フリーの日であった。3つのコースが用意された。万里の長城コース、市内見学コース、美術館見学コースがあった。私は美術館コースを選び、中国美術館へ案内された。中国絵画との出会いであった。その躍動感のある中国画に理由もなく引き込まれた。私は絵をかくのは下手だが、見るのは好きであった。日本の静物画はきれいであるが何も感じなかった。西洋画も今一つであった。中国画には一筆で一気呵成に描くために絵に勢いがあり、動きがあってそこに引き込まれたようだ。即売もしていると聞き、数点求めた。とにかく安かった。日本画、西洋画は当時すでに高価で手が出なかった。そこへ行くと同程度のものが、5分の1、10分の1の値段で買えた。その時の一枚は癒しの絵で病院ロビーを飾っている。

帰国してからは忙しく、またお金もなく忘れていた。病院を開院して多少ゆとりが出来て中国絵画の事を思い出し、北京通いを始めた。10年足らずの間に年間2～3回は中国美術館に行き、手ごろなものを求めるのが楽しみとなった。その頃の北京は町中に車を見ることもほとんどなく、多くの人は人民服で自転車に乗っていた。日本とは隔世の感があった。町中では絵は買い求めなかった。贋作があふれていたからである。私は北京飯店を常宿としていた。現在とは全く違う世界がそこにはあった。北京では常時通訳が付き、私は未だニーハオとシェイシェイしか知らない。ここで求めた多数の絵は全て備品として各地の施設を飾っている。

10年近く中国通いをしているといろいろの経験をし、情報も得た。日本に居てこの20年間の中国の躍進ぶりは理解を越えている。日本が60年かけてやったことを15年で彼らは達成している。象が猛スピードで走っているようだ。２０２５～２０３０年にはこの勢いが続けば世上言われているように、アメリカと肩を並べるかもしれないし、抜くかもしれない。中国のたくましさは模倣の先に本物を越える力を持っていると感ずること。巨大人口をバックとしたデータ蓄積能力でＡＩの世界で簡単に世界のトップに立つと考えられる。日本や、西欧が個人情報云々と言っている間に、大きく差をつけられる可能性がある。これを執筆中にトランプ大統領は習近平中国共産党に対し、関税を上乗せすることとした。世界は混とんとしてきた。

(二)大型天版木工にはまる

２００５年頃、肥満に伴う無呼吸症候群で悩んでいた。そんなある日、阪大病院で咬合わせをずらすことで治療できるという新聞記事を目にした。早速阪大を受診し、歯型を取って、その帰途新大阪の手前の江坂に当時話題になっていた東急ハンズの関西第一号店がオープンしたことを車窓より見た。新大阪より江坂にとって返し、店内を興味深く見させてもらった。最上階に言って息をのんだ。壁面一面に荒びきの立派な大型天板が所狭しと立てかけられていた。幅1〜1・5メートル前後、高さ2メートルはあった。厚さも8センチ前後で、テーブルにすると映える素材だと思った。樹種は栃で木目も見事であった。衝動的に5枚購入し、送ってもらうことにした。

当時健診センターが手狭になり、隣接してもう一棟増築する必要に迫られていた。食堂も広くする予定で、そこに、この天板を並べて職員に充実した昼食時間を送ってもらおうと考えた。自宅に到着した大型天板を眺め、何とも言えぬ充実感を味わった。自宅の一部を木工室に改装し、天井に電動の釣り機をつけ、一人でこの大型素材を扱えるよう工夫し早速テーブルの作成に取り掛かった。一番の問題は、天板が生板で乾燥と共に反ることであった。それを止める為いろいろ工夫をした。仕事を終え、夕食後の1~2時間作業にあてたがそれで充分であった。一枚の板に加えられる一日の作業は1~2時間もあれば充分であったからである。約2か月かけて10枚余りの天板を食卓にした。東急ハンズは当時盛んであった北アルプス、南アルプスの登山道開発に伴い出る巨材を一手に購入する契約を結んでいたと後日聞いた。

天版木工はこれにとどまらなかった。天版の魅力にはまった私は週末には天板を求めて山陰を中心に銘木店巡りをしていた。そんなある日、出雲大社の近くの銘木店の最奥に巨大な杉の天板が立てかけられているのを目にした。聞けばこの杉は樹齢800年、三刀屋の民家の竹やぶの中に800年間知る人ぞ知るで異様を保っていた。近づく道がなく、今日まで放置されていた。尾道・松山道の工事でアプローチできるようになったという。この巨木を銘木店は伐採し、下から12メートルの長さで切断、広場に立て、長さ1・2メートルの大型チェーンソーで両側から慎重に厚板に切り下したという。3枚の最もいい部分の1枚がこの天板だという。板は幅1・8メートル、長さ2・6メートル、厚さ20センチの巨大なもので板面全体に直径10~15センチの大節が見事な景色を造っていた。さすがにこの天板は私一人ではどうにもならず、失敗は許されないため、天板の事で知り合ったセミプロの人に加工をお願いした。彼は大工をつかって表面を仕上げさせ、車の板金塗装業者が自動車のボデーを仕上げるがごとくウレタンで見事に仕上げた。健診センターの7階に窓からレッカーで入れ、人間ドックを受けられた方はこのテーブルで食事をしていただいている。ちなみに私はこのテーブルは日本で2番目に立派な座卓であると評価している。

この方から屋久杉の厚さ16センチ、幅120センチ、長さ180センチのテーブルを入手した。このテーブルは仙石庭園の和室でお客様に楽しんでもらっている。私がこのような多様な趣味の世界を楽しむことが出来たのもゴルフをやめたからである。週末の貴重な時間が自由に、自分の思うがままに使える喜びは何物にも代えがたかった。

私はこれら趣味の果実を自分一人の密やかな楽しみとせず、全て公開している。備前焼は各事業所にコーナーを設け展示している。中国絵画も館内に広く展覧されている。天板に至っては、職員が毎日100人近くそのテーブルで食事をしている。わが国で2番目を自認する杉の巨木テーブルは人間ドックを受けられる方々に提供され、食事を楽しんでいただいている。私の場合、趣味道楽と仕事は表裏一体の関係にあり、周囲の人々を楽しませてもいるのである。

造園への道がにわかに降ってわいた訳ではないことは、以上の趣味人生の軌跡でお分かり頂けたと思う。子供のころからの長い趣味道楽の先に究極の石の庭園があった。

ここには書かなかったが、私は日本棋院の初段の免許もいただいている。今の実力は遠く及ばないが。また金剛流の謡いを豊嶋宗匠から仲間と教わった。上達はしなかったが観阿弥、世阿弥の世界、言葉の奥深さに魅せられ、10年近く続けた。

庭園造りを始める

話は2000年頃に遡るが、還暦を過ぎたころ我家の向いの恋文字公園に

自宅の天板工作室　4～5日で1枚作製していた。
これらの天板テーブルは職員食堂で毎日100人近くが使っている。

出来る予定であったゴルフ場建設が周辺農家の反対で中止を余儀なくされた。ゴルフ場のために集めた400トンを超える向原の巨石が宙に浮き、管財人がそれらを超々安値で私に買って欲しいと言ってきた。私はそれに応じ全てを購入した。

我家は数年前に建てたばかりの妻と2人だけの終の住家で、家は小さいが敷地はたっぷりとあった。家を建てる際に出入りしていた造園業者との造園談義で庭作りのなんたるかの大方のことは吸収していた。400トンの石を移動する際、眼前をくるくると回る巨石の変幻万化の姿を目の当たりにして石の虜になるのに時間を要さなかった。

もともと子供の頃よりカレンダーを切って額に入れ、小物を集め、工作をし、書画骨董の類に触れるのがこの上ない楽しみであった。人付き合いは下手というより苦手の部類である。さっそく入手した石を使って我家の屋敷内に石庭を次々と造っていった。すべて独学というより勝手流であった。「庭は造る人の感性を形にしたものだ」という老庭師の言葉に共感し、土地、空間をキャンバスに見立て3次元的な絵を描いていくが如き感覚で庭造りをした。私の庭を見た人の評価はおおむね良いものであった。

仙人気取りで隠れ家造り

２０００年頃、職場と私の家との中間地点に約１町歩の耕作放棄田を、長男に農業の資格を取らせる目的で入手した。山深い谷あいの地で人も寄り付かない荒地であった。偶然近くの民家の裏山が崩れ、その残土処理に市から委託された業者がその土砂捨て場にこの土地を使わせてくれないかと申し出があった。もちろんＯＫをして瞬く間に１町歩の立派な真砂土の段差のある美しい土地が出来上がった。１年そのまま放置しておくと周辺からツタが伸び一面ツタで覆われてしまった。雑草のすさまじさを目の当たりにすると同時にここを何かに利用しようという気

造園開始５年程して近隣の人々が来られ、休憩所とトイレを所望された。

持ちになった。ツタを枯らし入口から道を付け、中心部に小池を造り、庭造りをスタートさせた。庭が初期の形を成した頃、市の認可を受けた建築業者と話し、小さな東屋とトイレを建てた。業者からこの程度のものは問題ないと聞かされていた。近隣の人も訪ねてこられ、トイレと小さな休憩所は必要だと感じていたからである。これが先で行政とのあつれきを生むとは当時は露程も考えなかった。

周辺は段差があり外からはあまり見えない。隠れ家造りには格好の場と思えた。営繕の職員の手が空いた時連れてきては私も作業着になって作庭にあたった。周辺は広い。あのあたりに松、このあたりに石と考えているうち思いは広がり全体を病院の通院患者、病院職員の保養施設にしようとの想いに変わって行った。

国税庁に叱られる

作庭を始めて7~8年過ぎた頃、国税庁のお偉いさんが私に会いたいと行って2人訪ねてきた。さて、私は何も国税の厄介になることはしていないし病院会計も開院以来、税務署の職員のような税理士に全て任せ、私はその報告を聞くのみであった。用件は、何と「病院がこんなに石を買うとは何事か、物事には限度がある、病院は病院らしくやってもらいたい」といったような趣旨であったと記憶している。当時の東広島記念病院は私の個人病院であり、病院が何を買おうと私が買ったことになるのだから問題はないと思っていたが、国税にすればこんなものを買わずに税金を払ってもらいたいというのが本音だったのだろう。

　それまでも備前焼、中国絵画を購入してきた。それは私の個人病院時代のことであった。個人病院時代と医療法人化しても同じことを続けていたので慎みなさいという事だと理解している。私は法人化する前から備前焼、中国絵画は病院備品として大部分病院の持ち物にしていた。これらは問題ないが、庭園の石は別であったようだ。結局法人化後の石は全て私財で買い上げ、法人病院の負担を無くすることで一件落着した。私が患者のため、職員の為に私財を使って額に汗して庭園を造っている事に対し、何とも連れない仕打ちであった。

　また、何も知らない職員の一部の者が、私が病院の金で庭園を造っていると勘ぐっているものがいるらしく、石に使うお金があるのなら私どもの給料を上げて

仙石庭園のシンボル、小富士

くれと私に言わず、私の息子に直訴する情けないことも起こっていた。私は石を含め、全ての資材の購入を自身の財布で行って来た。造園の原資は法人移行時の億単位の臨時収入、アベノミクスでの株収入、私の毎月の給与、最終段階では退職金を当ててきたし、今もそうしている。これらのことができたのも56歳で開業し、創業した内科系のリウマチ膠原病専門病院は全国から患者が集まり、地元の長者番付の上位の常連となっていたという背景がある。

後世に残る文化遺産、仙石庭園造りに邁進

2000年から約10年間は仕事の合間を見つけては庭園造りに精を出してきた。庭園自体は拡大の一途を辿り6000坪を上回る規模となっていた。私の作庭のコンセプトは日本に数多くある庭園が、広島県に一つ増えたではやらない方が良い。同じ庭を造るなら

25ｔレッカーで20ｔの巨石を吊り上げる。左端に作庭者がいる
このような20ｔ超の銘石が当園には多数ある。豪気な庭園だ。

過去誰も造ったことはない庭園を造ろうとの思いで作業を進めた。仕事以外は石狂いの毎日であった。石に究極の美を見出し、石と語り、石から森羅万象を教わりながら作庭を続けた。私の庭園作りは時代背景に助けられた。バブルがはじけ、石の値段は急落し5分の1~10分の1になっていた。行政の方針で家を建てる人は町の中心部の地価の高い狭いところに追いやられ、庭どころか駐車場が精いっぱいである。田舎屋、旧家も代替わりで空き家が増え、庭石、庭木が放り出され、かといって新規に庭を造る人は皆無に近く、造園業者も店をたたむ時代であった。庭園素材が面白いように向こうから転がりこんできたのである。

姿の見えない厚く、高い壁を前に、立ちすくむ日々

造園を始めて15年、最終段階になり画竜点睛に欠けているところがいくつかあった。入口付近にこの庭園にふさわしい大型建造物、トイレが必要と考えていた。市の担当課と幾度となく折衝したが庭園は市街化調整区域だからいかなる建造物もダメだの一点張りであった。15年間誰からも文句も言われず、固定資産税の請求だけは毎年来ていた。それが庭園内部の小さなトイレも東屋も違法だと突然言いだした。本来縦割りで他所には流れないこれらの情報が役所内全体に流されていた。2009年には県知事以下、広島市市長、東広島市市長、県下の自治体の大多数の首長のご臨席で盛大に開会式を行った公知の庭園に対してであった。いかなる理由があろうとも作らせない、それではどこで用を足したらいいのかという次元の低い話を担当課の職員と大声を上げながら幾度となくした。何か大きな力が庭園のこれ以上の拡大、進化を阻止しようと働いていると感じた。二言目には民活、民活と言葉は踊るが担当役人にとって民間が作った庭園などどうでもいいのである。彼らは違法だというだけで、仕事をしたと思っているようである。こうすれば可能かもしれませんよという方策は示さなかった。しかし、私にも落ち度があった。恥ずかしながら、市街化調整区域という言葉とその意味をこの時初めて知った。人も寄り付かない辺鄙な残土捨て場となっていた放棄田を整地し、公園化することを許さない法律が我が国にあることもこの時知ったわけである。

そこへ大型建造物を造らせろという話である。何か方法があるでしょう。ダメでは何も進まないし庭園はすでに公知の存在だし機能しているのですよ、市の発展に繋がる話ですよ、難しいがこうすれば可能かもしれませんよと私共を指導するもの行政の仕事でしょうと執拗に食い下がった。こんな時有力な仲介者をたてればことはスムーズにいっていたかもしれない。しかし私は事業も庭園も進めるにあたって、政治家は利用しない。有力者にも頼まないで今日までやってきた。5~6回会った時、話の合間に役人同士が小声で「農業して15万円以上の農作物を納めれば納屋はできますよね」と小声で話しているのを日頃は耳のいささか遠い私は聞き逃さなかった。さっそくそのことを正し、「分かりました私はこれから1年間農業して15万円以上の農作物を供出します」と言って席を立った。早く言ってもらいたい一言であった。私は自分の土地に稲を植え、ジャガイモを植え、あらゆる手を尽くして15万円+αの農作物を翌年農協に供出した。その事実を知り、建築は不可能と言っていた担当課はやむなく納屋の許可を下してくれた。

私は将来博物館にするには265㎡いることから266㎡の納屋を建築した。建物内には近くの農家からお借りし、また頂いた農機具を展示する傍ら石の美術博物館として原石、盆石等も展示した。誰かが〝ちくった〟のであろう、用途違反だという声も聞こえてきたがこれ以上当面は農業はしないのだし、農機具も展示し、体裁を整えたので私は知らぬ顔をしていた。

この建物は岡山県新見市の1000年の歴史を有する日応山、八幡神社の御神木で建てられた巨大な総杉造りの御殿で神石殿と命名した。6本の巨大な御神木を伐採する機会を頂いたゆえの建造物である。伊勢神宮立替時にもこのような巨木は現在入手できないのではないかと思えるほど素晴らしい御神木であった。

何か問題が生じれば解決策が必ずあるはずである。日本と韓国のような国対国ならいざ知らず東広島という小さな町の中のとるにたらぬ問題である。私のようなケースの場合大所高所から知恵を出すシステムが行政にあっても良い。それが血の通った行政というものではないか。もし、この庭園を行政が当初から作っていたら、どうなるであろうか。惜しげもなく血税を使って、特例措置をもってすべてを合法化するであろう。民間活力を使って発展をと二言目にはいうが、私に対してはその真逆であった。民間に対する官の対応はすべて同じであると巷では皆が言う。許認可権をバックに物を言う姿勢だけは改めてもらいたい。

このような中で新たに就任した新市長、関係部署の係長が知恵を出してくれた。庭園全体を登録博物館にすれ

神石殿

ば全てクリアできますよとの方策を示してくれたのである。私はそれを聞き「分かりました。それでは登録博物館にします」と言い、今ではその方向に向け、一歩ずつ前に進んでいる。有りがたいことである。しかし現実は厳しい。現庭園北側の２５００坪の工事は現時点で手も付けられない。登録博物館にすれば、全てクリアできますよと言われ申請を行ったが、その前に園内の構図上にだけ残る里道、水路を測量して買い上げ、土地をきれいにしてくださいと言う。彼らからすると当然の要求であろうが、２～３年かかるという。私は80歳である。20～30年に聞こえる。

農地は長年アシが繁茂し、雑木林となり、沼地となりそこを住屋にしたイノシシの害を近隣の農家、私共の庭園はもろに受けている。農業委員会は構図上の「田」という一文字を守りたい、そのことも理解できるがケースバイケースで考える必要があるのではないか。そこをきれいに整地し、公園化、庭園化することに対しても寛容な判断が必要ではないか。彼らには未来の日本の農業の姿が見えていない気がする。保育園問題で「こんな日本死んじまえ」といった若者がいたが、80歳の私でさえ日本人であることが情けないと思うと同時に、若者と同じセリフを吐きたい日々である。これを書いていた6月末、担当者から農業委員会の許可がやっと出たとの知らせを受けた。紆余曲折はあったが目の前を厚くおおっていた露が次第に晴れていき、生きているうちに更なる高みを追えるかもしれないと感じた。先人も事をおこすさい、いろいろの局面で目は見えぬ高い壁に立ち向かってきた。古人はそれを「長い物」と表現した。長い物には巻かれろという。大変悲しいことだが事実のようだ。人生の終末に知っただけ幸せであったと慰めるしかない。

最終局面になり大規模日本庭園には欠かせない大滝の構築に取り掛かった。庭園最

虹の仙神大滝。全国の色彩豊かな銘石をふんだんに使った高さ15mの大滝。７色の銘石400ｔ以上使用。

奥にある高さ15～16ｍの山に滝が出来ないかと以前から思いを温めていた、同じ作るのなら日本に2つとない滝にしようと考え、仙石庭園に使われている色石で7色の虹の大滝とすることに決めた。さすがにこの工事は私と営繕の職員では無理と考え、近くの県立三景園の滝に関わった中村正満氏に依頼した。彼は還暦を過ぎ油の乗りきった庭職人で広島県下では彼の右に出るものはいないといわれた庭師である。快く引き受けて下さり、当園の職員を含め常時4～5人の職員で2か月余りかけて完成させた。高さ15ｍの回流式で下の池より水を組み上げ、毎分1㎥落下する虹の大滝となった。庭園の大きな目玉がまた一つできた。

また、庭園入口には屋根も作れず自動改札機を設置していたが、ある日外国の訪問客がこんな美しい庭に門はないのかと言われ、立派な門を作るべきだと指摘され、むくり屋根に巨大な貝塚いぶきの欄間を持つ登竜門をことわりなく建造した。

傘寿にして観光業に挑戦

仙石庭園は江戸時代の外様大名の庭園に匹敵する大庭園となった。来園された方は皆さん異口同音に〝すごい、感動した、こんな庭園をみれて生きていてよかった〟との言葉を残される。私自身も21世紀型の過去例を見ない日本庭園として内心自信を持っている。庭園で使われている銘石も規格外の物が多く、文句なく、岩石日本庭園としては我が国最高位である。京都醍醐寺の藤戸石クラスの銘石も多い。石好きには堪えられない庭園であろう。

たまたま広島大学の地球環境進化学教室の名誉教授沖村雄二先生との知己を得た。先生のご指導で庭園の岩石の見方も教わった。相前後して、広銀のＯＢで長尾隆司さんを中心にボランティアガイドの方々が集まってくるようになり、善意の人の輪が出来ていった。この人たちのお力をお借りして庭園運営を続ければ末永い継承が可能となると思い、そのための組織作りを考えた。私は作庭の過程でこの庭園を未来につなげるため国又は自治体に寄付しようと心に決めていた。簡単には出来ない。まず庭園を一般社団法人の持ち物とし、ある程度の収入源も必要であり有料化もする。私の身に何かあり、いなくなった後の道筋もつけておかねばならない。必要なら寄付も募らねばならない。そのためには登録美術館にする必要もある。私が創業したヤマナ会から寄付を頂くルートも確保しておかねばならないなどの作業を進めながら、低コストで維持出来る庭園にしてお国に負担をかけない様、いろいろ対策を考えている。

２０１７年3月16日より大人一人７００円を頂くことにし、有料化に踏み切った。登録ミュージアムはハードルが高いが石庭としてオンリーワンの仙石庭園のレベルであれば十分可能と考えている。仙石庭園のネーミングも紆余曲折の末、「仙石庭園銘石ミュージアム」で目下落ち着いている。あとは入園者をどのようにして増やすかという作業が残されているが、これは終わりのない永遠の課題である。

あと5年生かして頂ければ庭園北側の2500坪余りの土地を使って未来志向型の庭園として拡張することを考えている。時代に流されることなく、日本の伝統文化の良さを守りつつ、かといって旧態依然とした姿ではない、次世代の人々にも関心を持ってもらえるような日本庭園を目指している。こうすることで中長期的に来客増にも繋がるであろう。しかし、未来永劫の存続となると今の税法は厳しい。文化的価値が高く、かつ後世に残すべき物件でも相続税の問題が立ちはだかる。今の日本は官が作るか、官に寄贈して運営するほかない。仮に官に寄贈しようとしても予算がないと断られる。受け入れてもらっても維持管理が困難と判断されると競売にかけられる時代である。

このような大型庭園を個人が持つことは許さないのが我国の現実である。その反面税金で成り立つ公的庭園、美術館、博物館の利用料金が安すぎるという実態がある。例えば、近くの県立庭園の造営費は巨額の県費を使っている。入園料は最もよく利用しかつゆとりのある65歳以上は無料である。子供は2~300円、当然赤字続きであるが県の補填で成り立っている。民業がその分圧迫されているのである。官の発想でなくしてこんな料金はあり得ない。海外の人が来日したときこのような安い料金でどうやって維持、管理しているのかと尋ねられる。観光立国を目指す日本の為政者はよく考えねばならない。安ければいいというものではなく、適正な料金を取って、それらで施設の改善、内容のアップを図ることが正道であり将来につながる発想であろう。

作庭時の私の心の内

庭園にもいろいろの形がある。家庭の小さな庭から当園のような大規模なものまである。そこに共通するのは癒し、寛ぎであり、追夢である。7千坪に及ぶ広大な空間、それを1人の人間が仕切る訳である。人が歩く際、このコーナーは前に見た場所と同じではないかと感じるようではだめである。振り返って後ろを見ても同様である。日本庭園はある意味360度全ての視線に耐えられねばならない。

目の前の50坪、100坪のスペースを異なる感覚で埋めねばならない。さあどうする。解答はない。手本もない。なぜならば20年前、作庭を開始すると同時に私は全ての庭園見学を止め、庭園に関する印刷物を遠ざけていた。私の「個」を出したいが故である。眼前の空間は庭園全体における位置、前後左右の佇まい、さらには後方に広がる借景を考慮しなければならない。同じようなコーナー、スペースがある意味無数にある。作庭の際に無から有を生み出す閃きは、大学時代疑問に当たりその解決を迫られた時の閃きと、それを具体化して解決法を見出した時の喜びと似ていて、私にとって大きな喜びであった。

7千坪の庭園を造るとなるとその目的、意味が必要となってくる。好きな石を並べ、木を植えたでは済まされない。私はそれらを「美」、「迫力」、「感動」という三つの言葉を頭に置き、作庭をすることで解を見出した。結果として美しく豪快な躍動感のある庭園が出来たと自己評価している。

私が既存の庭園に学ばなかった理由は、感性のレベルはいざ知らず、数多くある過去の庭園と同じものを作りたくなかっただけである。しかし、現実は何百という空間に独自性を吹き込み、美と感動を与え続けることは容易ではない。本も開いてみたくなる。そこをぐっと我慢して自分の頭の中で空間を形作っていく中に造園の最大の楽しみと喜びがある。作られた庭は後世まで残り、人々の評価を受け続ける宿命にあるのである。

このようにいろいろ考える過程で、過去の庭園を造営した先人たちの心の中も読めるようになった。小堀遠州は徳川三代の庇護を受け、考え得る最大限の規模を思うがまま追求できた幸せ者である。京都御所の石庭にそれをみる。彼ならここをどうするだろうかと対話しながらの作庭も楽しい物である。

石と私

還暦を過ぎたころ、４００トンの巨石との出会いで石にのめりこんだことは既に述べた。私と石との接点はずっと昔にさかのぼる。私が子供のころ、父は探石会のメンバーで週末になると出かけ、石を抱えて帰り、風呂に持って入り金ブラシで磨いている姿を何度も目にしてきた。当時はわからなかったが盆石を集めていたようだ。岡山県には矢掛石と言って、足守川の流域で優れた盆石が出ていた。父はそれを大切にしていて、形見と言ってその多くを私に残してくれた。その盆石は以来常時私の身近に置かれてきた。

庭園の最終段階で、庭園の自然石に加え入口の神石殿の中を充足すべく、京都の古物商を介して盆石を数多く収集してきた。それらの中には昔の武将の屋敷の床の間を飾っていたであろう逸品、戦国武将の労をねぎらったであろう盆石もあると思われる。加えて、鉱物で見た目美しい原石も多数収集し、気が付けば広島県下は言うに及ばず近隣県でも最大のコレクションが出来あがっていた。これらは入園者の方々に楽しんでもらっている。

私にとって石は格別の存在だ。これまで熱心に収集していた備前焼、その他の焼き物類、中国絵画を中心とした美術品が石と接するようになり、急に色あせて見えだした。あの質量感ある不動の象徴の前には理屈抜きで軽い存在となっていった。石はそれ自体存在感があり、「姿かたちの優れた石を窓前に置けば高友を友とする必要なし」と中国で古より言われている。居ながらにして石は我々に森羅万象を語り聞かせる存在である。

私も石と、それも巨石と十数年間格闘していると、石から教えられることが多い。石に触れるようになり、私の心の軸がぶれなくなった。周囲のもろもろの存在が小さく見えだし、自分は石から岩気というパワーを受けているためか、恐れというものが少なくなった。

若いころからの何事も正面突破に磨きがかかり、自分のやっていることは間違っていないと確信すると少々の抵抗には敢然と立ち向かい意に介さなくなった。

20世紀初頭の哲学者兼評論家として活躍した矢内原伊作は『石との対話』の中でこう述べている。「石は抵抗する者の姿であると同時に、それ自身において安らいでいる堅固なものの姿である。そこには戦うものの緊張感があるとともに、戦いに勝ったものの安らぎがある。外からの外圧に抵抗すること、そして自分に打ち勝つこと、この石の教訓には計り知れぬ深さがある」矢内原氏はどのようにして石との対話でこの境地になったのか、石との関わり、彼の心の奥底を探ってみたい文章である。

人は石に行ったら終まいというが、私は石に行って眼前にいろいろの新しい世界を見るようになった。石は終わりではなく、物事の始まりではないかと感じている所である。こんな言葉も目にしたので、書き記しておく。「石は終わりのものではない。石は始まりのものである。石から始まると世界はもう崩れることはない」この読人は私と同じ経験をしたのだろうか。石の前に行くと自分が小さく頼りなく思えることがある。すべてを見透かされているように感ずることもある。石を愛でるものは謙虚でなければならない。私にとって石は人生の師である。

庭にもいろいろある

私自身庭を造ってみて、庭というものは個人、それも経済的に比較的ゆとりのある人が家の見栄えを良くしようとして、また遠くまで行かず毎日身近に自分の好きな自然を楽しむために造った物であろうと理解するようになった。個人の庭は長い歴史の中で淘汰され消えていったが、古今の強大な権力を持った者が造った大規模庭園で、かつ文化的価値の高い物は公共財として今日まで残り人々を楽しませている。そのような庭園が世界には多数存在する。

イスラム庭園はペルシャ時代までさかのぼる。それらは庭園というより静かな涼しい空間で、プール、小川、噴水と建物で特徴づけられる。その影響は広くアジアの王侯貴族、ヨーロッパにまで及んだ。インドのタージ・マハル宮殿の前庭、フランスのベルサイユ宮殿のバルコニーから眺める庭、ウィーンのシェンブルン宮殿の庭はそれらの代表である。これらの庭に共通するものは左右対称、直線を用いた幾何学的紋様を特徴とし、支配者の権力の象徴でもあった。

それに比し、日本の庭園は独自の道を歩んだようである。古くは中国の影響を受けていることは否定できないが、平安時代には寝殿造りの建物とマッチして貴族文化を代表するものの一つとして独自の発展を遂げた。以来時代文化の変遷と共に多様な庭園形式をとり現代に至っている。その特徴は曲線を多用し、左右非対称で池を中心に展開されている。目的は地上の楽園、すなわち極楽浄土を身近に置き、象徴的な意味を持たせている。庭園は情緒的かつ視覚的要素を重んじ、見る人に静かな環境下で内省を促し、現実世界と隔絶された空間で思索の機会を与えている。

このように世界的に見ると、大型庭園はイスラム・西欧型の庭園と日本庭園とに大きく分けられるようである。日本庭園というが一括りではとらえられない多様性を持っている。極楽浄土という想像上の世界を自分の身近に置きたいという願望が日本庭園の根底にある。

それらを追求する過程で技術的に池泉式庭園が出来、築山が生まれ枯山水庭園などが造られてきた。これらに庭園の造園者の好みで色々意匠が加えられることになる。こういった多様な要素を全てそなえているものに江戸時代の大名庭園がある。広大な用地ゆえに可能になったのであろう。さらには花、植栽を楽しむ庭、石と石組を楽しむ庭、隠れ家的な庭、哲学・思索の庭などいろいろある。しかし、庭の究極の目的は古今東西を問わず、癒しと寛ぎが到達点であろう。しかしながらこれからの庭は従前と別の方向に行くかもしれない。従来の庭は癒し、寛ぎが目的と言ったが、これからの庭は公園と一体化しレジャーの場と化すかもしれない。庭園という小宇宙の中で、単に見る、静けさを楽しむ庭園から、事を楽しむ場所に代わっていくのだろうか。

大人の気分

庭園に立つと私は大人の気分になる。園内に据えられた巨石群を眺めていると、この庭は私の分身だ、100年先、1000年先も石はこのままの姿でいてくれるであろう。地球とともに歴史を刻んでくれるであろう。先では誰かの持ち物になっているかもしれないが、生き続けてくれるであろうと思うと、大いなる喜びがわいてくるのを禁じ得ない。

石からは多くの事を教えてもらった。雨の日も風の日も、冷たい冷雨の中でもその美しさを失わず、堂々として座り続ける姿から不動心をもらった。永世の生気を感じ元気をもらった。戦国大名が、江戸期の外様大名が大庭園を造ったとて、それは圧倒的権力をバックに民、百姓の犠牲の上にできたものであろう。権勢を誇示するため造ったのであろう。私のように石に触れ、心を込めて作ったのではあるまい。田舎医者が、知恵と根性だけでつくったゆえに大切にせねばとの思いが湧き上がってくる。しかし、これほどの大名庭園も顔負けするような庭園を長い

仙石庭園最大の組石　中国山水画の郷　黄山をイメージした組石
このような組石が庭園には随所にある。

年月をかけて造ると、いくら一生懸命働き、ためたお金も底をつき、岡山に持っていた思い出のこもった昔の土地、家も売らねばならず、やりくりは大変である。まだまだ現役で仕事を続けねばならないわけである。

作庭の間、いろいろの人にも会い、話し、世の中の動きを作庭というフィルターを通して見てきた。千葉県の「槇」が消えた。日本固有の美しい銘石がどんどん海外に出ている。日本人が顧みないゆえである。二度と返っては来ない。「盆栽」、「泳ぐ宝石、錦鯉」とて同様だ。日本人が日本固有の文化に関心を示さなくなった。示せなくなったといった方が正しいだろうか。日本人はいったいどこに行くのだろう。なにを求めているのだろう。とはいえ、若者にも日本文化に目覚めてもらいたい。北側の広場はキャンプ場。ドローン練習場、野外コンサート、グラウンドゴルフ、気球基地などの機能を持たせながら、日本庭園とどう調和させるか考える日々である。日本の国力が衰退の一途をたどり、より豊かな国へ日本固有の貴重な文化財が出て行っているのである。私は庭園作りを通して、身の丈もわきまえず優れた文化財を日本にとどめる努力をしてきた。誰か余裕のある人で意気に感ずる人はやっていただきたい。

今後の事

私は運が強いといったが、強運に助けられ事業も庭園もここまでになった。二代目山名二郎は私と真逆で、石橋をたたいても渡らない一面がある。イラつくこともあるが安心してみていられる。しかし第一線の医師として最も大切な患者を診ることに徹している。大切な事である。経営者の自覚も徐々に出来ている。問題は3代目である。3代目は初代、2代の苦労は分からない。ここで命運が分かれてくる。いまここで100万言を費やしても無駄である。私に言えることは乞うご期待、自分でよく考えてやれ程度である。病院は患者さんの評判もよく、岩橋充啓院長以下この病院は患者目線で安くて効果的な治療をしてくれると評価が高い。今後研究部門を併設して、論文発表もできる方向を考えている。健診センターも今では大型健診センターを広島県下3カ所に抱え、それらを理事長と荒巻和則、清水孝彦両部長、スタッフ職員がうまくコントロールし、順調に伸びている。

事業の先行きだけは今後の代表者に任せる以外にない。庭園はすでに一般社団法人の持ち物とした。末永い100年、500年先を見据えてのことである。また、私は庭園の品格をあげる視点で見て回っている。今後さらに進化するだろう。目下残された課題は現庭園の北側約3000坪の造営の件である。ゆっくりではあるが法的整備が整う方向で前に進みだした。私の命あるうちに何とかなりそうな予感がしている。問題は高齢に伴う私自身の感性の衰えである。これはいかんともしがたい。

終わりに

自分史を書き終えて

〝山名お前は自由人だからな〟冒頭に書いたこの言葉のまま生きてきた一生であった。自由人とは社会、政治、宗教に関わりなく発想し、事を行える人間である。幸いなことに今の日本だから生存を許される人種であろう。北朝鮮、イスラム国、戦前の日本では存在しえなかった人種である。

事を行うにあたって周囲の思いに縛られず自分で考え、行くべきかとどまるべきかを自らに問い、行けであれば行った人生であった。子供があれが欲しいと言って手足をばたつかせている状態ではない。心の赴くまま生きたというが、人様には迷惑をかけず、人様の恨みも買わない行動、職業倫理に照らし問題なければ自己責任で前に出て行った人生であった。世間の怖さを知らぬ田舎医者が唯我独尊の世界を生きてきたと言われても仕方がない。

私は大学人、医学者として短い期間であったが、医学史に残る実績を残したと思っている。事業も56歳の遅いスタートであったが、内科系リウマチ膠原病専門病院を創立し、生活習慣病がん健診センターも立ち上げ、いずれも全国区のレベルに急成長させ、業界のリーダーとしての役割を果たしている。還暦を過ぎて始めた庭園は江戸時代の外様大名庭園に匹敵する規模となり、更なる進化を目指している。後は歴史を積み重ねるだけである。

自分史を執筆中に日本経済新聞社の取材を受けた。私がとんでもない日本庭園を造っているということで文化欄に記事として取り上げられ、今では全国から庭園好き、石好きの方々が来園し、感嘆した、生きていてよかったとの言葉を残される。「このような好き勝手を奥様は良く許しますね」という言葉を頂くこともある。すべて家内の理解の上、掌の上で私が踊ってきただけである。

今の世代は物が溢れているためか、所有欲が希薄で、ささやかなことに満足し、さらに上を目指す向上心に欠け、責任のかかることは避ける生き方などは私共の世代では少数派であった。どちらに軍配という問題ではない。人生は長い。ある一時期でも好きなことができる人生と小さくまとまって、人をうらやむ人生とどちらを選択しますかという問いかけである。

冒頭に述べた如く、本冊子の出版の目的は、人生の最晩年の20余年間、事業に精を出す傍ら、それ以外は石に狂い、夢の中で石と私が対話しつつ完成させた仙石庭園の存在が大きい。とはいえ、事業をし、人を雇用して初めて気づいたことであるが、大小を問わず、事業というものは人々の雇用を生み、生活の糧を与えている。これ程崇高な人間の行為は他に思いつかない。私は、超不確実性の時代にも関わらず、１００年、２００年、３００年先まで事業を継承させるにはどうすればいいか、日夜考えている。最高の知能労働だ。これから事業を興す人にとって、この冊子は実録である。人の頭を借りた言葉の寄せ集めではない。参考になれば幸いである。

最後に、私の短く拙い事業人生を振り返って、子、孫に伝えたい。事業が軌道に乗った暁には、

① 時代の、社会の変化に敏感であらねばなりません。
② 人を育て、社会に貢献できる組織であらねばなりません。
③ 高い職業倫理感と公平性を持たねばなりません。
④ トップは柔軟な発想とアメーバの如く行動のとれる自由人であらねばなりません。

と伝えて、この自分史を終わりにしたい。

著者紹介

山名征三（やまな せいぞう）

1964年岡山大学医学部を卒業。1969年同大学第三内科で「抗リンパ球抗体に関する研究」で医学博士号を取得。1970年オーストラリア、モナシュ州立大学（メルボルン）に留学し、２年９ヶ月で免疫アレルギー学のPh.D.（英国圏の医学博士）を取得。

子供の頃の夢を実現すべく、1983年下野し、東広島市の西条中央病院で救急医学を含め、臨床家として再出発した。バブル崩壊後の1994年東広島記念病院リウマチ膠原病センターを創立。1999年広島生活習慣病・がん健診センターを併設した。両部門は広島市内、廿日市市と拡大し、順調な発展を見て、2019年現在、全国トップクラスに成長している。

2000年頃、巨石、銘石と出合い、事業の傍ら造園を無二の友とし、現代版大名庭園「仙石庭園」を完成させ、文化発祥の地とすべく努力している。

心《こころ》の赴《おもむ》くままに生《い》きる

庭園造《ていえんづく》りに魅《み》せられた医師《いし》が人生《じんせい》を振《ふ》り返《かえ》る

2019年10月15日　第1刷発行

著　者　　山名征三
発行人　　久保田貴幸

発行元　　株式会社 幻冬舎メディアコンサルティング
〒151-0051　東京都渋谷区千駄ヶ谷4-9-7
電話　03-5411-6440（編集）

発売元　　株式会社 幻冬舎
〒151-0051　東京都渋谷区千駄ヶ谷4-9-7
電話　03-5411-6222（営業）

印刷・製本　シナジーコミュニケーションズ株式会社
装　丁　　弓田和則

検印廃止

Printed in Japan
ISBN 978-4-344-92438-3 C0095
幻冬舎メディアコンサルティングHP
http://www.gentosha-mc.com/